Für Tommy

Bibliografische Information der Deutschen Nationalbibliothek:
Die Deutsche Nationalbibliothek verzeichnet diese Publikation
in der Deutschen Nationalbibliografie; detaillierte bibliografische
Daten sind im Internet über dnb.dnb.de abrufbar.

© 2023 Text und Titelillustration: Katrin Wahl
Herstellung und Verlag: BoD – Books on Demand, Norderstedt

ISBN: 978-3-7583-0627-3

KATRIN WAHL

Nachts ist das Meer schwarz

1
MITTWOCH

Schnell wurde die Pfütze aus Blut immer größer, bis sie zu einem roten See in einer Vertiefung des grauen Betonbodens angeschwollen war.

Die leblosen, weit aufgerissenen Augen blickten ausdruckslos ins Leere.

Als er die Haustür öffnete, schlug ihm ein scharfer Wind entgegen. Mit eiligen Schritten ging er, den Reißverschluss seiner Jacke bis ganz nach oben geschlossen und die Kapuze tief ins Gesicht gezogen, zu seinem Auto, das mitten in der Einfahrt parkte.

Aus dem Kofferraum holte er ein große Big Bag heraus. Schnell klemmte er es unter den Arm und kehrte zum Leichnam zurück. Er hob die Füße des Toten an, stülpte den großen Sack darüber und schob den weißen Gewebestoff dann langsam an den Beinen nach oben bis zur Hüfte.

Jetzt wollte er den Körper auf die Seite drehen, aber vorher musste er noch das große Jagdmesser entfernen, dass mit der ganzen Klinge fest in der Taille des Toten steckte.

Ganz vorsichtig zog er die Schneide Stück für Stück aus dem Fleisch, dabei stieg ein leichter Brechreiz seine Kehle empor und er schluckte kräftig, um ihn zu unterdrücken.

Die große aufgeplatzte Wunde oberhalb der Schläfe, aus der immer noch etwas Blut sickerte, versuchte er beim Drehen des Körpers zu ignorieren.

Früher, als er noch ein Junge war, hatte ihn sein Vater um ihn abzuhärten, ohne Vorwarnung an einem Nachmittag mit in die Schlachterei eines befreundeten Metzgers genommen.

„Schau genau hin!", hatte er gesagt, während er seinen Kopf zwischen die Hände klemmte, so dass er seinen Blick nicht abwenden konnte, als dem Schwein, nach der Betäubung mit dem Bolzenschussgerät, das Schlachtmesser die Halsschlagader durchtrennte.

Der Anblick des über Kopf an den Hinterläufen aufgehängten Tieres, aus dem das Blut in einem dünnen Faden aus dem weit aufklaffenden Schnitt an der Halsschlagader in einen Eimer lief, würde er nie wieder vergessen.

Damals hatte er direkt neben dem Eimer auf den weiß gefliesten Boden der Schlachterei gekotzt und sein Vater beschimpfte ihn als elende Memme.

Doch er hatte recht gehabt, es hatte ihn härter gemacht. Trotzdem wurde ihm noch heute sofort schlecht, wenn er größere Mengen Blut sah.

Nun hob er den Kopf an. In die noch warme Wunde zu fassen, kostete ihn Einiges an Überwindung. Zum Glück war die Totenstarre noch nicht eingetreten, denn kerzengerade würde der tote Körper nicht in den Big

Bag hineinpassen. Also richtete er den Sack auf und zog ihn mehrmals ruckartig nach oben, so dass der Tote darin in sich zusammen sackte. Dann band er mit seinen blutverschmierten Händen die Schnur so zusammen, dass sich die Öffnung schloss. Das eben noch weiße Gewebe saugte die Flüssigkeit auf wie ein Schwamm und verfärbte sich rot.

Mit dem blutigen Messer in der Hand lief er in die Küche. Dort spülte er es gründlich ab, schäumte das Waschbecken danach gewissenhaft ein und ließ das Wasser noch eine Weile nachlaufen, um auch die kleinsten Blutreste wegzuspülen. Dann legte er das Messer, nur mit einem Taschentuch haltend, zurück in die Schublade, wo es hingehörte.

Um die Leiche wegzuschaffen, würde er nicht seinen eigenen Wagen nehmen, das wäre eine viel zu große Sauerei, außerdem auch noch zu auffällig. Nein, er würde sein Auto nach hinten fahren, damit es von der Straße aus nicht zu sehen war und den alten Transporter aus der Scheune holen. Sicher steckt der Schlüssel noch, wer sollte das alte rostige Ding auch stehlen wollen?

Zum Transportieren durchs Haus würde er den hässlichen Teppich aus dem Wohnzimmer nehmen. Wenn er den Sack darauf ablegt, könnte er die Leiche bis zur Haustür durch den Flur ziehen, ohne dabei eine blutige Schleifspur zu hinterlassen. Den Transporter könnte er dann bis vor die Tür fahren und den Teppich würde er später einfach verbrennen. Er wusste auch schon, wo er die Leiche hinbringen würde.

Als er seinen Plan umgesetzt hatte und der Tote im Laderaum des alten Transporters verstaut war, wischte er mit einem dreckigen Handtuch aus dem Badezimmer alle Klinken und Flächen ab, die er glaubte berührt zu haben.

Anschließend verbrannte er das Handtuch und den Teppich hinter dem Haus im Garten. Der starke Wind, der vom nahegelegenen Meer herüberwehte, ließ die Flammen wild und hoch auflodern und fegte die schwarze Rauchwolke Richtung Landesinnere davon.

Ganz zum Schluss, bevor er den Tatort verließ, holte er noch das, weshalb er gekommen war.

Später würde er nochmal zurückkommen müssen, um auch noch die große Blutlache zu entfernen, doch jetzt musste er sich erstmal um den Leichnam kümmern.

2

Kristin saß zu Hause in der oberen Etage an ihrem PC und sah gedankenverloren aus dem großen Schlafzimmerfenster, neben dem sie sich ihren Arbeitsplatz eingerichtet hatte.

Es war ein stürmischer Sommertag Ende August.

„Man könnte meinen, es wäre schon Herbst", dachte sie, während ihr Blick in die Ferne über die grünen Wiesen des benachbarten, landwirtschaftlichen Betriebes schweifte, der nun schon seit fast zwei Jahren nicht mehr bewohnt war.

Naja, das stimmte so nicht ganz, denn verteilt auf die drei großen, zum Teil schon sehr in die Jahre gekommenen Ställe, lebten auf dem Hof auch noch ungefähr hundertfünfzig Mastbullen verschiedenen Alters, deren Gebrüll nach Futter sie morgens schon des Öfteren aus dem Schlaf gerissen hatte.

Vorne in der Einliegerwohnung neben dem ehemaligen Wohnhaus war erst vor Kurzem ein junger Mann eingezogen. Bisher hatte sie aber nur von ihm gehört, gesehen hatte sie ihn noch nicht.

Die ehemaligen Besitzer des rund zweihundert Jahre alten Bauernhofs, die diesen über mehrere Generationen mit der Haltung von Milchvieh und etwas Ackerbau bewirtschaftet hatten, wohnten dort nicht mehr.

Gesunkene Milchpreise und die schlechte wirtschaftliche Lage für Kleinbetriebe hatten sie schließlich in die Knie gezwungen.

Ein Großbauer aus dem Nachbarort hatte das Grundstück und die übrig gebliebenen Ländereien anschließend aufgekauft und einen Teil seines Tierbestandes und seiner Landmaschinen dorthin ausgelagert.

Nun kam zweimal am Tag einer seiner Mitarbeiter, um nach den Tieren zu sehen und sie zu versorgen. Die übrige Zeit des Tages wirkte der Hof verlassen und strahlte eine traurige Ruhe aus. Das Gras um den großen Güllebehälter war fast kniehoch und sogar durch den Recycling-Schotter, mit dem der breite Hofweg bedeckt war, hatten sich Unkräuter ihren Weg an die Oberfläche gebahnt. Braune Wildkaninchen hoppelten ungestört zwischen den Ställen herum und auch eine kleine Gruppe verwilderter Katzen fühlte sich auf dem Gelände zu Hause und jagte dort nachts nach Ratten und Mäusen.

Wäre die hohe Maschinenhalle nicht im Weg, so würde Kristins Sicht weit über die Felder bis in das Vorland der Nordsee reichen. Am nebligen Horizont zeichneten sich verschwommen die Umrisse der großen Windmühlen ab, die sich gleichmäßig und unermüdlich im stärker werdenden Wind im Kreis drehten.

Eine Windböe rüttelte kräftig an den Ästen der großen, alten Eichen in Kristins Garten und das beruhigende Geräusch der rauschenden Blätter vor dem offenen

Fenster wurde lauter. Die beiden Sturmmöwen, die auf dem First der gegenüberliegenden Maschinenhalle saßen, kreischten mehrmals laut auf und flogen dann Richtung Küste davon.

„Oh nein, nicht schon wieder", murmelte sie zu sich selbst. Eigentlich wollte sie noch ein bisschen vorarbeiten, als freie Mitarbeiterin einer Werbeagentur konnte sie sich ihre Arbeitszeit selbst einteilen, aber die weißen Flecken, die im nächsten Augenblick ihr Sehfeld einschränkten, waren eindeutige Vorzeichen einer aufkommenden Migräne und so entschied sie sich, ihren Rechner wieder herunterzufahren, um sich kurz hinzulegen. An stürmischen Tagen oder wenn sich das Wetter veränderte, häuften sich ihre Migräneattacken.

Die viertönige Abschiedsmelodie des PCs erklang und das Licht des Bildschirms erlosch.

Als sie noch einen letzten Blick aus dem Fenster hinunter auf den Nachbarhof warf, rollte gerade in diesem Moment ein blauer, alter Lieferwagen über den Schotterweg und kam vor einem der alten Kuhställe zum Stehen. Die seitlich aufgeklebte Werbeaufschrift war schon zum größten Teil abgeblättert und nicht mehr zu entziffern, nur noch ein paar Fetzen einzelner Buchstaben waren auf dem von der Sonne ausgeblichenen Blech davon übrig geblieben.

Kristin beobachtete, wie ein großer Mann mittleren Alters aus dem Transporter stieg. Seine dunkelblonden, etwas längeren Haare flogen ihm vom Wind erfasst sofort ins Gesicht. Mit einer hektischen Handbewegung strich er sich die Haare nach hinten und zog sich schnell die Kapuze seiner schwarzen Jacke über den Kopf.

„Wahrscheinlich ein neuer Mitarbeiter, der sich um das Vieh kümmert", dachte sie bei sich, als der Unbekannte Richtung Maschinenhalle ging und durch die rostige Metalltür verschwand.

Nur wenige Sekunden später kam er mit einer großen Schubkarre zurück.

„Kristin?", die Stimme ihres Mannes ertönte von unten. Sie stand auf und trat in den Flur, um ihn besser verstehen zu können. „Ja?"

„Ich fahre eben einkaufen, Luka hat sich für heute Abend Pizza gewünscht. Brauchst du noch etwas?"

Sie überlegte kurz.

„Bringst du mir für später eine Cola mit? Ich hab mal wieder Kopfschmerzen und muss mich kurz hinlegen." Ihre Stimme klang niedergeschlagen und Simon wusste sofort, was mit ihr los war.

„Okay, ruh dich aus, ich bin gleich wieder da", erwiderte er und dann hörte sie das Zufallen der Haustür.

Als Kristin zurück ins Zimmer ging und wieder aus dem Fenster blickte, stand der Transporter noch immer da, doch der Mann war nirgendwo zu sehen.

Sie wandte sich ab und ließ sich kraftlos auf ihr Bett fallen. Dann schloss sie die Augen.

Die Kopfschmerzen waren nun so stark geworden, dass ihr bereits übel war.

Ungefähr eine Viertelstunde später fuhr der Unbekannte mit seinem Transporter wieder vom Hof, aber da war sie schon längst einschlafen.

3

Als Yun das herannahende Fahrzeug auf dem Schotter hörte, rannte er so schnell er konnte zum nächstgelegenen Stallgebäude.

Nur mit großer Anstrengung ließ sich die alte, schwere Schiebetür auf der rostigen Bodenschiene bewegen. Er schaffte es gerade noch rechtzeitig, durch den offenen Spalt ins Innere des Stalls zu schlüpfen, bevor der Transporter auch schon um die Ecke kam.

„Das war knapp!", stöhnte er. Würde er wieder bei den Stallungen erwischt werden, gäbe es richtig Ärger, denn in den Stallgebäuden und in der Maschinenhalle hatte er nichts zu suchen, das wurde ihm beim letzten Mal mehr als deutlich gemacht. Die Worte des unsympathischen Lohnarbeiters in seinen klobigen, schwarzen Gummistiefeln konnte er immer noch in seinem Kopf hören: „Wenn ich dich noch ein einziges Mal in einem der Ställe erwische, dann sorge ich dafür, dass du aus der Wohnung fliegst, kapiert?"

Dabei wollte er sich doch nur mal die Tiere anschauen, die er fast jeden Morgen und Abend nach Futter brüllen hörte. Sie waren ja sozusagen seine einzigen Mitbewohner, denn das große Bauernhaus, das an seine Wohnung grenzte, stand schon lange leer. Allgemein hatte Yun bei den Dorfbewohnern noch keinen Anschluss gefunden und er fragte sich manchmal, ob es vielleicht daran lag, dass er halb Koreaner war. Die sichelförmigen Augen und seine pechschwarzen Haare ließen ihn eher asiatisch als europäisch aussehen. Da hatte sich sein Vater ausnahmsweise mal nicht durchgesetzt, dachte Yun und ein kurzes Lächeln erhellte sein Gesicht.

Andererseits musste er zugeben, dass er sich auch noch keine besondere Mühe gegeben hatte, sich in das Dorfleben seines neuen Wohnortes zu integrieren. Bislang kannte er nur zwei Menschen: den Postboten und den Hofbesitzer, oder wahrscheinlich war es nicht der Besitzer selbst gewesen, sondern nur der Verwalter des Grundstücks, der ihm vor ungefähr zwei Wochen die Wohnungsschlüssel übergeben hatte.

Ein starker Windstoß erfasste kurz das Tor und ließ es einmal heftig gegen die untere Laufschiene schlagen. Der laute Knall riss Yun aus seinen Gedanken.

Er hatte das große Schiebetor nicht ganz hinter sich schließen können, denn ein kirschgroßer Stein steckte in der Bodenschiene und hatte sich dort verkeilt.

Vorsichtig lugte er jetzt durch den schmalen Spalt nach draußen.

Der Unbekannte war ausgestiegen und gerade in Richtung Maschinenhalle unterwegs. Er war groß, hatte ein kräftiges Kreuz und aus seiner dunklen Kapuze schauten seitlich ein paar Büschel blonder Haare heraus, die im Wind unruhig hin und her flatterten.

Nach wenigen Minuten kam er mit einer großen Schubkarre zurück, die er direkt vor dem Kofferraum seines Transporters platzierte.

Yun hatte den Mann noch nie gesehen, aber wie einer der Stallarbeiter sah er nicht aus. Er wirkte äußerst ernst, vielleicht auch wegen seiner geraden, buschigen Augenbrauen und den tiefen Zornesfalten, die zwischen seinen Augen lagen.

Ungeduldig warf Yun einen Blick auf sein Handy. „Schon halb acht. Mist", dachte er, wenn er es noch schaffen wollte, den Supermarkt vor Geschäftsschluss zu erreichen, müsste er spätestens in fünf Minuten mit dem Fahrrad losfahren.

Er schob das Handy zurück in seine Gesäßtasche und sah wieder hinaus.

Eilig öffnete der Fremde die beiden Flügeltüren seines Kofferraums und stieg hinein. Yun hörte ein Kratzen, so als würde er etwas Schweres über den Metallboden schleifen, dann sprang der Mann wieder aus dem Fahrzeug heraus und zog einen weißen, großen Gewebesack nach vorn an die Kofferraumkante. Der schien einiges zu wiegen, denn bei jedem Zug musste er sich mit seinem ganzen Körpergewicht nach hinten lehnen. Stück für Stück schaffte er es unter Stöhnen und Fluchen, den Sack weiter aus dem Wagen zu hieven, bis dieser schließlich mit einem dumpfen Geräusch in die Wanne der Schubkarre fiel.

Kurz überlegte Yun, einfach rauszugehen und dem Unbekannten zu helfen, doch schon im nächsten Moment wurde ihm schlagartig klar, dass es besser war, es nicht zu tun.

Der obere Teil des aus festem Gewebe bestehenden Stoffes, der ein Stück über die Wanne der Schubkarre hinausragte, war triefend nass und dunkelrot verfärbt. Stetig tropfte die rote Flüssigkeit auf den steinigen Boden und schnell bildete sich eine kleine Lache.

Größe und Form des Big Bags ließen Yun sofort vermuten, dass es sich bei dem Inhalt um einen menschlichen Körper handeln könnte, und wenn dem so war, dann ohne Zweifel um einen TOTEN menschlichen Körper. Erschrocken legte er seine Hand auf den Mund, um nicht doch noch einen Schrei des Entsetzens von sich zu geben. Dann bewegte er sich langsam und mit zitternden Knien rückwärts in Richtung der großen Strohballen, die an der hinteren Stallwand zu zwei Stapeln aufgetürmt waren. Die umgekippte Schaufel, die auf dem Boden hinter ihm lag, sah er dabei nicht. Mit der Ferse stieß er dagegen und ein kurzes, aber lautes Geräusch ertönte, als das Metall über den Betonboden rutschte.

„Oh Scheisse", flüsterte er. Schnell drehte er sich um und flitzte auf leisen Sohlen hinter einen der Strohballen-Stapel. Schon im nächsten Augenblick wurde von außen das große Tor aufgeschoben.

Yun regte sich nicht, er wagte es nicht mal, einen Blick durch die Ballen zu riskieren. Lauschend und vor Angst erstarrt, hockte er an der Wand.

Der helle Lichtstrahl, der in den Stall fiel, wurde kurz durch den Schatten des Mannes unterbrochen. Yun hörte seine langsamen Schritte. Er stand jetzt mitten im Raum.

„Hallo? Ist da jemand?", die tiefe, fordernde Stimme des Unbekannten ließ Yun zusammenzucken.

Als keine Antwort kam, ging er noch zwei weitere Schritte auf die Strohballen zu.

„Wer ist da?"

Er war Yun jetzt so nah, dass er das erregte Schnaufen des Mannes beim Atmen hören konnte.

Auf dem obersten Strohballen lag eine kleine getigerte Katze, die plötzlich, durch den Mann aufgeschreckt, in zwei großen Sätzen nach unten auf den Boden sprang und schnell an ihm vorbei nach draußen huschte.

Ein paar Sekunden war es mucksmäuschenstill.

Dann verschwand der Schatten endlich und Yun hörte das schleifende Geräusch der Tür, als sie über die Schiene rollte. Auch diesmal wurde sie von dem kleinen Stein in der Schiene aufgehalten, doch anstatt sie einen Spalt offen zu lassen, schob der Mann sie wieder ein Stück zurück, um sie dann mit roher Gewalt gänzlich zu schließen. So flog der eben noch fest verkeilte Stein durch die Luft und prallte dann mit einem lauten

Knall gegen die Stallwand. Erschrocken zuckte Yun in seinem Versteck zusammen.

Dann Dunkelheit. Erleichtert atmete er auf. Das war gerade nochmal gut gegangen.

Was der Fremde noch tat und wohin er die vermeintliche Leiche brachte, wollte Yun in diesem Moment gar nicht wissen. Er war noch immer schockiert von dem, was er eben gesehen hatte.

Die verschiedenen Geräusche, wie etwa die Schritte auf dem Hof, das Quietschen der Schubkarre oder das Plätschern von Wasser, nahm er nur noch gedämpft wahr, so, als wäre er in eine dicke Nebelwolke gehüllt.

Nach einer gefühlten Ewigkeit hielt Yun es in seinem Versteck nicht mehr aus. Er zog sich die Kapuze seines Pullis über den Kopf und öffnete vorsichtig und ganz langsam das Tor.

Der Transporter stand noch immer an derselben Stelle. Yun sah sich nach dem Mann um, konnte ihn aber nirgendwo sehen.

Sollte er sich lieber wieder verstecken oder konnte er es riskieren, sich über den Hof Richtung Wohnung zu schleichen?

Mit klopfendem Herzen trat er nach draußen, als er hinter sich aus der Richtung, wo sich die große Maschinenhalle befand, plötzlich Schritte auf dem Schotter hörte.

„Hey, bleib stehen!", rief ihm der Unbekannte zu, doch

Yun rannte los. Gleich sein erster Schritt traf mitten in die Pfütze aus Blut, so dass einige Spritzer sich auf dem Hosenbein seiner blauen Jeans verteilten, aber das bemerkte er gar nicht. Das Vorbeirauschen des Windes in seinen Ohren war das einzige, was er noch wahrnahm. Sein Verfolger war überraschend schnell und blieb ihm dicht auf den Fersen.

Immer kleiner wurde der Abstand zwischen ihnen, beinahe konnte sein Verfolger schon nach ihm greifen, doch dann stolperte er über einen aus dem Schotter empor gewachsenen Grasbüschel und stürzte unsanft zu Boden.

Yun rannte weiter bis zur Haustür seiner Wohnung ohne sich umzudrehen. Hektisch riss er sie auf und schloss sofort danach die Tür hinter sich ab.

Nach Atem ringend hielt er inne und lauschte, aber er hörte nichts außer seinem eigenen, stark pochenden Herzschlag. Der Mann schien die Verfolgung abgebrochen zu haben.

Wenige Minuten später vernahm er das knirschende Geräusch rollender Reifen auf dem Schotter, das immer leiser wurde, bis es schließlich ganz verstummte. Yun wartete noch weitere fünf Minuten, bevor er es wagte, aus seinem Versteck zu kommen.

„Verdammt!", fluchte er verärgert über sich selbst.

Wie konnte er nur so dumm sein und direkt in seine Wohnung flüchten. Aber in seiner Panik war ihm so schnell kein besseres Versteck eingefallen.

Langsam öffnete er die Tür und lief nochmal zum Stallgebäude zurück, immer mit einem Ohr aufmerksam
hinter sich horchend, denn er rechnete damit, dass der
Mann noch einmal zurückkommen würde.

Statt der Blutlache fand er nur noch eine große,
schwach rosa gefärbte Wasserpfütze vor und auch sonst
wies nichts auf das hin, was hier eben passiert war. Der
Fremde hatte keine Spuren hinterlassen.

Schließlich ging er nach vorn zu seiner Wohnung.

Im Haus angekommen, verschloss er sofort wieder die
Haustür hinter sich.

Er zog sich die blutbesprenkelte Hose aus und schmiss
sie zusammen mit seinem Pulli in die Waschmaschine.

Dann ging er duschen, um wieder einen klaren Kopf zu
bekommen.

Die Lust noch Einkaufen zu fahren war Yun vergangen,
aber es war sowieso schon viel zu spät.

4
DONNERSTAG

Grrrr, Grrrr, Grrrr, der unangenehme Ton der Weckfunktion seines Smartphones ließ Yun zusammenfahren. Er fühlte sich wie gerädert, als hätte er in dieser Nacht überhaupt nicht geschlafen.

War er gestern wirklich unfreiwilliger Zeuge einer Leichenentsorgung geworden? Das alles kam ihm unwirklich vor, wie ein mieser Traum.

Immer wieder kreisten das dumpfe Geräusch des in die Schubkarre fallenden Big Bags und das Bild des tropfenden Blutes in seinem Kopf herum und die Überlegung, die Polizei zu informieren und die Beobachtung zu melden, ließen ihn bis spät in die Nacht wach bleiben. Daran änderten auch die beiden Bierdosen nichts, die er am Abend noch in seinem Kühlschrank gefunden und zügig geleert hatte. „Nervennahrung", dachte er, doch beruhigen konnte ihn der Alkohol kaum, denn der Mörder wusste nun, wo er wohnte und das machte ihm Angst.

Er setzte sich auf und rieb sich einmal durch das von Kissenabdrücken zerfurchte Gesicht.

Sofort drängten sich wieder die Erinnerungen an den gestrigen Tag in seinen Kopf. Er war sich noch nicht sicher, ob er die Polizei einschalten sollte, aber diese Entscheidung würde er auf später verschieben müssen, denn jetzt musste er sich erstmal auf sein bevorstehendes Vorstellungsgespräch konzentrieren.

Als er vor drei Wochen Hals über Kopf sein Elternhaus in Koblenz verlassen hatte, wusste er noch nicht, wie es für ihn weitergehen sollte. Er wollte einfach nur weit weg von zu Hause und von seinen Eltern, die er in letzter Zeit kaum noch ertragen konnte.

Seine Mutter, die ihre koreanische Höflichkeit nicht mal dann vergessen konnte, wenn ihr Mann ihr in einem seiner cholerischen Wutanfälle die wildesten Beleidigungen an den Kopf warf. Und seinen Vater, dessen Unzufriedenheit ihm quasi in Großbuchstaben auf die Stirn geschrieben stand.

Früher, so mit Dreizehn oder Vierzehn, hatte Yun seiner Mutter noch verteidigend beigestanden, wenn sein Vater sie beschimpfte, doch in den letzten Jahren, als ihm klar wurde, dass sich sowieso nichts ändern würde, ergriff er lieber die Flucht. Mit einem lauten Türknall verließ er dann das Haus und kam oft erst abends zurück, wo er sich dann leise und unbemerkt in sein Zimmer schlich.

Als er seinen Eltern nun in den Sommerferien mitteilte, dass er doch nicht weiter zur Schule gehen würde und auf Nachfragen seines Vaters, was er denn dann machen wollte nur mit den Schultern zuckte, löste das einen so heftigen Streit aus, dass Yun kurzerhand beschloss, nach dem obligatorischen Knallen der Tür, erst mal gar nicht mehr nach Hause zurückzukehren, sondern sich möglichst weit weg, am besten am anderen Ende des Landes, eine Bleibe zu suchen. Dort würde er sich dann ganz in Ruhe Gedanken über seine Zukunft machen. Mit fast neunzehn Jahren hatte man wohl das Recht, seine eigenen Entscheidungen zu treffen, fand er, auch wenn sein Vater da anderer Meinung war.

Seinen Freunden teilte er mit, dass er für eine Weile weg sein würde. Die meisten davon waren sowieso mit ihrer neuen Schule beschäftigt oder hatten schon eine Lehre begonnen und kaum noch Zeit.

Eine Freundin hatte Yun nicht – nicht mehr – schon länger hatte er sich von Mila getrennt, nachdem er gemerkt hatte, dass sie nach anfänglicher Verliebtheit doch nicht die Richtige für ihn war. Das ewige Feiern, der viele Alkohol und die Drogen gaben ihm nichts. Er hatte sich jedesmal leer und ausgelaugt gefühlt, wenn er nach einer langen Partynacht mit ihr erst am frühen Morgen nach Hause kam, so dass sie ihre Wochenenden irgendwann nicht mehr gemeinsam verbrachten. Das führte dann bald dazu, dass sie sich trennten.

Nur mit einem Rucksack und einem Umschlag angesparten Geldscheinen setzte er sich in den Zug nach Hamburg. Von dort aus fuhr er immer weiter nordwärts. So war er schließlich in dem kleinen nordfriesischen Dorf nahe der Küste gelandet.

Nachdem er die ersten beiden Nächte in einer kleinen

Ferienwohnung verbracht hatte, entdeckte er ganz zufällig das *zu vermieten*-Schild im Vorgarten des verlassenen Bauernhofs. Die kleine Wohnung war sogar noch möbliert. Ein wirklicher Glücksfall, wie er fand, denn hier hatte er genau die Ruhe, nach der er gesucht hatte.

Dass er in der Gegend durch sein asiatisches Aussehen so manchen Blick auf sich zog, störte ihn nicht.

5

„Sie sind zu spät, Herr Ahrens. Sprechen Sie gut Deutsch?"

Die kleine, etwas mollige Frau vom Arbeitsamt warf ihm einen strengen Blick über den Rand ihrer Brille zu. Yun nickte.

„Ja, das tut mir Leid, der Bus hatte Verspätung. Ich spreche gut Deutsch, ich bin in Deutschland geboren", erwiderte er dann und lächelte.

„Das ist schon mal gut, da sind sie einigen ihrer Mitbewerber einen Schritt voraus. Und sie haben auch einen Führerschein, nehme ich an? Wie alt sind sie denn, wenn ich fragen darf?"

Mit dieser Frage hatte Yun gerechnet, denn er wurde schon oft jünger geschätzt, als er tatsächlich war.

„Ja, ich werde neunzehn im November, meinen Führerschein habe ich gleich gemacht, nachdem ich volljährig war."

„Dann sind sie also noch in der Probezeit."

Nochmal nickte er.

„Naja, das macht ja nichts", sagte sie lächelnd und tippte dabei routiniert etwas in ihren Computer ein.

„Wahrscheinlich haben sie auch noch keine Erfahrung als Auslieferungsfahrer gemacht, oder?"

„Nein", antwortete er knapp.

Wieder notierte sie etwas.

„Haben sie einen Schulabschluss?"

„Ja, ich habe einen Realschulabschluss."

Sie nickte.

„Warum möchten sie Auslieferungsfahrer werden? Wollen sie nicht lieber einen richtigen Beruf erlernen? Sie sind doch jung und haben einen Schulabschluss, da stehen ihnen noch alle Türen offen."

Sie richtete sich in ihrem Stuhl auf und sah ihn neugierig an, so als wäre das eine Frage, die sie persönlich interessierte.

Yun überlegte kurz, bevor er antwortete.

„Ich möchte die Zeit, in der ich mir noch über meine berufliche Zukunft klar werden muss, nutzen und nicht untätig bleiben. Außerdem muss ich ja auch irgendwie meine Miete bezahlen können."

Die Frau lächelte.

„Das ist eine sehr vernünftige Einstellung", sagte sie. „Dann sind wir jetzt soweit fertig. Lassen Sie mir Ihre Unterlagen hier, ich werde mich mit dem Arbeitgeber in Verbindung setzen und Sie bekommen dann in Kürze telefonisch Bescheid, ob Sie die ausgeschriebene Stelle bekommen."

Während dieser Worte stand sie auf und reichte ihm zum Abschied die Hand.

„Ich denke ihre Chancen stehen ganz gut", ergänzte sie noch und zwinkerte ihm einmal freundlich zu.

Yun bedankte sich und verließ lächelnd das Büro.

Er hatte ein gutes Gefühl.

Auf dem Rückweg war der Bus so voll, dass Yun keinen Sitzplatz fand. Das lag vor allem daran, dass der regionale Bus auch gleichzeitig der Schulbus war.

Eingekesselt von Kindern und Jugendlichen verschiedenen Alters mit großen Schulranzen, musste er sich auf der Rückfahrt vorerst mit einem Stehplatz zufriedengeben.

Während der fünfundvierzig minütigen Fahrt sah er sich aus Langeweile die Fahrgäste an.

Eine ältere Dame saß mit genervtem Gesichtsausdruck auf einem Fensterplatz. Sie schien sich dicht an die Scheibe zu drücken, um einen möglichst großen Abstand zu dem ungefähr elfjährigen Jungen zu halten, der auf dem Platz neben ihr, falsch herum und auf seinen Knien hockend, mit seinem Hintermann herumalberte und dabei lustige Handy Videos anschaute.

Ein paar Plätze weiter saßen zwei Mädchen, die sich aneinander gelehnt einen Handy Kopfhörer teilten, so dass jede von ihnen einen der Ohrstöpsel in den Ohren hatte.

Ein Mann mittleren Alters schien die Busfahrt für ein kleines Nickerchen zu nutzen. Mit beiden Händen hielt er seine Tasche auf dem Schoß fest und stützte seine Unterarme darauf ab, während er den Kopf nach vorn gekippt, leise vor sich hin schnarchte.

Dann fiel Yun, nur wenige Meter entfernt, auf einem

Viererplatz ein Mädchen auf. Er schätzte sie auf siebzehn oder vielleicht achtzehn Jahre. Ihre Haare waren schulterlang und fast so dunkelbraun wie ihre Augen, die er unter ihrem langen Pony nur einmal kurz sehen konnte, als sie sich eine Haarsträhne aus dem Gesicht nach hinten strich. Sie trug eine weit geschnittene schwarze Jeans und ein weißes T-Shirt, dazu weiße Turnschuhe. Gedankenverloren blickte sie verträumt aus dem Fenster. Den Kopf hatte sie dabei an die Scheibe gelehnt.

Während der Fahrt fiel sein Blick immer wieder in ihre Richtung, ganz unwillkürlich, ohne dass er es wollte, es passierte einfach, aber sie bemerkte ihn nicht.

Immer mehr Mitfahrer stiegen aus und langsam leerte sich der Bus, bis es nur noch eine Handvoll Menschen waren. Aber das Mädchen blieb.

Als sie sich seiner Haltestelle näherten, stand sie plötzlich auf. Ihren Rucksack über nur einer Schulter geschwungen, ging sie dicht an Yun vorbei, dabei trafen sich kurz ihre Blicke. Sie stellte sich vor der hinteren Bustür auf und drückte den STOP Knopf.

Yun wartete noch einen Moment, dann stellte er sich hinter sie. Der angenehm blumige Geruch ihrer Haare stieg in seine Nase.

Kurz nachdem das Mädchen mit ihm ausgestiegen war, zog sie ihr Handy und dazugehörige Kopfhörer aus der Hosentasche. Dabei bemerkte sie nicht, wie ihr ein kleiner Zettel aus der Tasche fiel.

Yun ging ungefähr zehn Schritte hinter ihr. Als er das Stück Papier erreichte, hob er es auf. Es war eine Busfahrkarte, gültig für ein ganzes Jahr, ausgestellt auf den Namen Luka Martinen.

Yuns Schritte wurden schneller. Als er das Mädchen erreicht hatte, tippte er sie vorsichtig von hinten an der Schulter an.

Erschrocken zuckte sie zusammen, blieb stehen und drehte sich zu ihm um. Dann nahm sie ihre Kopfhörer heraus und sah ihn fragend an.

Yun fiel auf, dass sie ein bisschen rot wurde. Er lächelte freundlich und hielt ihr das Papier hin.

„Hier, die hast du gerade verloren."

Überrascht nahm sie die Karte entgegen.

„Oh, danke, das hab ich gar nicht gemerkt", sagte sie mit leiser Stimme und steckte die Karte zurück in ihre Hosentasche, danach drehte sie sich wieder um und ging weiter.

Yun ließ sich ein Stück zurückfallen, um sie nicht zu belästigen. Nach ungefähr dreihundert Metern bog sie in eine Auffahrt ein.

Als er ihr nachsah, drehte sie sich noch einmal kurz nach ihm um und ein Lächeln huschte über ihr Gesicht, bevor sie hinter einer Biegung verschwand.

6

Es war früh am Nachmittag. Yun hatte noch ein paar Stunden Zeit, bevor einer der Mitarbeiter kommen würde, um die Bullen zu füttern.

Er tauschte sein Hemd gegen ein bequemes T-Shirt ein, schlüpfte in seine ausgetretenen Turnschuhe und ging nochmal zum alten Stall zurück, in dem er sich gestern versteckt hatte.

Immer wieder hatte er darüber nachgedacht, wie er nun nach seiner verdächtigen Beobachtung handeln sollte. Er würde seine Behauptungen vor der Polizei mit nichts beweisen können, so war er zu dem Schluss gekommen, dass es am Besten wäre, zuerst den Sack zu finden. Dann würde er schauen, was er beinhaltete und erst dann, wenn er sicher wusste, dass es eine Leiche war, würde er die Polizei benachrichtigen.

Es könnte ja auch ein totes Tier gewesen sein, oder er hatte sich ganz geirrt und es war gar kein Blut gewesen, was da aus dem Sack tropfte. Letzteres hielt er allerdings für unwahrscheinlich, denn Blut war einfach Blut und eigentlich mit nichts anderem zu verwechseln.

Nachdenklich stand er vor dem großen Schiebetor und sah sich zu allen Seiten um. Wo konnte der Fremde den Sack nur versteckt haben?

Er versuchte sich krampfhaft an alles, was er von seinem Versteck aus gehört hatte, genau zu erinnern. Aber einen wirklichen Anhaltspunkt hatte er nicht. So blieb ihm wohl nichts anderes übrig, als das ganze Grundstück nach dem Big Bag abzusuchen. So klein war es ja nicht, somit kamen auch nicht allzu viele Verstecke in Betracht.

Zuerst nahm er sich das gegenüberliegende Stallgebäude vor. Zielstrebig ging er darauf zu. Hier wurden die älteren Mastbullen gehalten.

Langsam und so leise wie möglich, um die Tiere nicht zu erschrecken, zog er das große Stalltor ein Stückchen auf. Doch sofort, als der einfallende Lichtstrahl auf den Mittelgang traf, begann der erste Bulle laut und durchdringend zu brüllen und schon im nächsten Moment brüllte der ganze Stall.

Unruhig drehten sich die massigen Tiere in ihren Boxen, denn das Tor öffnete sich in der Regel nur zweimal am Tag und das war zu den Fütterungszeiten am Morgen und am Abend.

Schnell zog Yun es hinter sich zu und es wurde wieder dunkel.

An den starken Geruch nach Kuhmist und Gülle gewöhnte er sich schnell. Nur die vielen lästigen Fliegen, die seine nackte Haut an den Armen und Beinen besiedelten und sofort wieder da waren, nachdem er sie verscheucht hatte, fand er äußerst unangenehm.

Bewegungslos stand er im Gang und wartete ab. Es dauerte ein paar Minuten, bis die Tiere wieder zur

Ruhe kamen. Nun war nur noch ab und zu ein lautes Schnauben oder Prusten zu hören oder das Geräusch eines Kuhfladens, der mit mehrmaligem Platschen auf den Boden fiel.

Yun aktivierte die Taschenlampenfunktion seines Handys und bewegte sich mit langsamen Schritten den Mittelgang hinauf. Dabei suchte er, den Lichtkegel seiner Lampe mal nach rechts und mal nach links schwenkend, jede einzelne Box ab. Er leuchtete zwischen den Beinen der Bullen hindurch bis an die mit Gülle vollgespritzte Stallwand, aber keine Spur von einem weißen Sack.

Als Yun die Lampe einmal geradeaus auf den vor ihm liegenden Mittelgang richtete, wurde das Licht von zwei Scheinwerfern reflektiert. Sie gehörten zu einem kleinen, verstaubten Traktor, der ganz am Ende des langen Ganges stand und schon einige Jahre auf dem Buckel hatte. An seinem Heck war ein Futterwagen angekoppelt.

Er kletterte auf den hinteren, völlig durchgerosteten Kotflügel und leuchtete von dort aus in den Futterbehälter hinein. Noch etwas über die Hälfte war dieser mit einer Futtermischung aus Maissilage gefüllt. Mit ausgestrecktem Arm griff Yun hinein und tastete darin herum, doch da war nichts.

Andere Räume, in denen man etwas verstecken konnte, gab es in diesem Gebäude nicht.

Als Yun zurück zum Ausgang ging, wurde er immer wieder neugierig von den Bullen beschnuppert. Während einige von ihnen ängstlich vor ihm zurückwichen, machten andere ihre Hälse lang und steckten ihre großen Köpfe durch das Absperrgitter.

Bei einem von ihnen blieb er stehen. Vorsichtig streichelte er dem Tier, dessen riesiger Schädel allein bestimmt schon um die dreißig Kilogramm wog, über die breite, weiche Stirn. Der Bulle hob die feuchte Schnauze und versuchte mit seiner langen, rauen Zunge Yuns Finger zu erreichen.

Er mochte Tiere, auch wenn er selbst nie welche halten durfte. Aber die Mastbullen in dem dunklen Stall taten ihm leid. Am liebsten hätte er sie aus ihren Boxen befreit und raus auf die großen, grünen Wiesen hinter dem Hof gelassen.

Wieder draußen fiel sein Blick auf den Nachbarstall in dem die jüngeren Bullen standen. Früher waren dort Milchkühe untergebracht.

Auch hier suchte er alles ab, aber wieder ohne Erfolg.

Am Ende des Stalls führte ein dunkler Gang in den ehemaligen Melkstand und die anschließende Milchkammer. Ein einziges Mal hatte Yun diese Räume betreten und das war, als er sich am Abend nach seinem Einzug auf dem großen Hof umgesehen hatte.

Dieser Anbau, den ein Gang mit dem hinteren Stall verband und der eine kalte, fast schlachthausähnliche

Atmosphäre ausstrahlte, war ihm irgendwie unheimlich. Die weißen, mit Dreck beschmierten Fliesen, mit denen der ganze Raum gekachelt war, die rostigen Rohre und die dunkle mit Spinnengewebe verhangene Decke erinnerten ihn an das Szenario eines Horrorfilms. In den Ecken lag Rattenkot und das Handwaschbecken sah aus, als hätte jemand einen Eimer voll braunen Schlamm hinein gekippt. Außerdem roch es eigenartig säuerlich. Die Behälter, in denen früher Milch gesammelt wurde, waren schon lange abgebaut, so dass die Rohre einfach frei in der Luft endeten.

Zögerlich öffnete er die knarzende Tür und sah hinein. Er schwenkte das Licht der Taschenlampe einmal im Kreis durch den gesamten Raum, aber auch hier wurde er nicht fündig.

Schnell schloss er die Tür wieder und trat zurück ins Freie.

Die Zeit, die Yun in seinem Versteck verharrt hatte, kam ihm zwar lang vor, aber real waren es vermutlich nur wenige Minuten gewesen. In so kurzer Zeit konnte man einen Sack in dieser Größe nicht vergraben. Das Versteck musste sich in unmittelbarer Nähe befinden. Oder hatte der Mann das Big Bag wieder mitgenommen? Nein, dann hätte er ja mit der Schubkarre zurück zum Transporter kommen müssen und das hätte Yun in seinem Versteck gehört. Die Leiche musste noch hier auf dem Hof sein.

Außer den beiden Bullenställen, der Melkkammer, dem Stall, in dem er sich versteckt hatte und der großen Maschinenhalle, gab es nur noch einen kleinen Fahrradschuppen und das Bauernhaus mit der angrenzenden Wohnung, wo er selbst zu Hause war.

Während er wieder zurück nach vorne lief, warf er noch einen letzten Blick in den alten Schuppen, in dem sich nichts außer seinem klapprigen Fahrrad und einem Stapel alter Autoreifen befand.

Schließlich brach er seine Suche erfolglos ab.

7

Zum Abend hin frischte der Wind nochmal auf. Immer wieder gab es kurze, aber heftige Schauer.

Kristin ging früh ins Bett und schlief schnell ein. Doch in der Nacht prasselte der Regen so laut gegen das Schlafzimmerfenster, dass sie davon erwachte.

Als sie aufstand, um es zu schließen, wurde der nachbarliche Hof plötzlich vom Scheinwerferlicht eines heranfahrenden Fahrzeugs erhellt. Es fuhr einmal im Kreis und blieb dann mit eingeschalteten Scheinwerfern und Scheibenwischern vor einem der Stallgebäude stehen. Allerdings leuchtete nur eines der Frontlichter, das andere schien defekt zu sein.

Neugierig beobachtete Kristin, nur in ein langes T-Shirt gehüllt, was weiter passierte.

Ein paar Sekunden regte sich nichts, der Transporter stand einfach nur da. Dann, nachdem sich der Schauer etwas gelegt hatte, öffnete sich die Fahrertür. Die Innenbeleuchtung des Fahrzeugs sprang an und Kristin konnte die groben Umrisse eines Mannes erkennen.

Die Farbe oder Aufschrift des Transporters war im Dunkeln nicht richtig zu bestimmen, aber von der Form her konnte es derselbe Wagen sein, den sie auch schon vor zwei Tagen beobachtet hatte.

Der Mann stieg aus und öffnete den hinteren Laderaum. Dort holte er einen Gegenstand mit einem langen Stiel heraus. War es eine Mistgabel? Kristin trat etwas dichter an das bodentiefe Fenster heran, um besser sehen zu können. Nein, eine Forke war es nicht, eher eine Art großer Haken.

Als der Unbekannte vor dem Auto entlang lief, konnte sie im Lichtkegel des Scheinwerfers seine Kleidung erkennen. Er trug einen gelben Gummianzug, ähnlich einem Regenschutzanzug, wie es ihn zum Beispiel für Angler gab. Aber was hatte er da im Gesicht? Sie konnte es nicht richtig erkennen, dafür war die Entfernung zu groß.

Völlig unerwartet wurde plötzlich das Schlafzimmer Licht angeknipst. Erschrocken fuhr sie zusammen und ging blitzschnell in die Hocke.

Simon saß aufgerichtet mit verschlafenen Gesichtsausdruck im Bett und sah sie verwundert an.

„Was machst du denn da?", fragte er.

„Mach schnell das Licht wieder aus", fuhr sie ihn an und er tat sofort, was sie ihm sagte, allerdings ohne zu verstehen, was eigentlich los war.

„Da unten ist ein Mann auf dem Hof", entgegnete sie knapp, während sie wieder einen vorsichtigen Blick riskierte.

Doch es war schon zu spät, der Fremde hatte das Licht im benachbarten Fenster sofort entdeckt und wahrscheinlich auch gesehen, dass er beobachtet wurde. Schnell warf er das Werkzeug zurück in den Kofferraum, stieg in den Transporter und fuhr eilig wieder davon.

„Mist", fluchte Kristin leise und kletterte zurück ins Bett. Sie lag noch eine ganze Weile wach und grübelte, bei welchem Vorhaben sie den Unbekannten gestört haben könnte. Aber ihr wollte einfach keine plausible Erklärung einfallen.

Ein Geräusch ließ Yun aus dem Schlaf fahren. Aufrecht in seinem Bett sitzend, lauschte er verschlafen einige Sekunden ins Dunkel. Draußen regnete es in Strömen. Das Einzige, was er wahrnahm, war das Regenwasser, das sich direkt vor seinem geöffneten Fenster mit lautem Plätschern aus der defekten Dachrinne in den darunter stehenden Blecheimer ergoss.

Hatte er nur geträumt? Wie spät war es überhaupt?

Yun warf einen kurzen Blick auf sein Handy – halb zwei. Gerade als er sich wieder hinlegen wollte, um weiter zu schlafen, hörte er das Geräusch erneut.

Schlagartig war er hellwach.

Ganz leise stieg er aus dem Bett und schlich durch die angelehnte Schlafzimmertür hinaus in den unbeleuchteten Flur. Dabei musste er aufpassen, in der Dunkelheit nicht über die großen Umzugskartons zu stolpern, die noch überall herumstanden.

Da – da war es schon wieder – kam es von der Haustür? Leise schlich Yun sich näher heran, bis er direkt vor der

Tür stand. Da bewegte sich plötzlich die Klinke langsam nach unten. Der Schlüssel steckte zwar von innen im Schloss, aber um die Tür jetzt noch abzuschließen war es zu spät, denn sie wurde bereits langsam von außen geöffnet.

Yuns Herz pochte so schnell, dass er kaum noch Luft bekam. Kerzengerade und so fest er konnte, presste er sich voller Anspannung gegen die Wand hinter der Tür. Jemand betrat die Wohnung. Zuerst sah er nur einen schwarzen Gummistiefel, dann Teile eines gelben Gummianzugs. Regentropfen rannen daran herab und tropften mit leisen, stetigen Klopfgeräuschen auf den alten Dielenboden.

Als der Fremde dann ganz im Flur stand, bemerkte Yun den großen Metallhaken, den er in seiner rechten Hand hielt.

Die Kapuze des Gummianzugs bedeckte den Hinterkopf, so dass Yun seine Haare nicht sehen konnte.

Um sich etwas zu beruhigen, kniff er die Augen zu und nahm einen tiefen Atemzug.

In seinem Kopf überschlugen sich die Gedanken.

„Bestimmt war der Mörder zurückgekommen, um ihn auch noch zu beseitigen. In der Regel wurden Zeugen doch aus dem Weg geräumt, das wusste jeder, der schon mal einen Krimi gesehen hatte. Und er war ein Zeuge. "

Für einen kurzen Moment war es mucksmäuschenstill und Yun hielt die Luft an, bis der Mann sich endlich in Bewegung setzte und mit langsamen Schritten Richtung Küche ging.

Das war seine Chance. Ohne lange darüber nachzudenken, schlich er sich durch die offene Tür nach draußen. Barfuß rannte er über den nassen Rasen, doch dann hielt er inne. „Und jetzt?"

Es war mitten in der Nacht und sein Handy lag noch neben seinem Bett. Dazu trug er nur seine Boxershorts und seine direkten Nachbarn waren ihm alle noch völlig fremd, sie nachts in der Unterhose aus dem Bett zu klingeln, hielt er für keine gute Idee.

Er drehte sich um und blickte zurück zum Haus. In dem Moment flackerte der Lichtkegel einer Taschenlampe auf und fiel durch das Küchenfenster nach draußen auf den unbeleuchteten Hof.

Mit zaghaften Schritten näherte Yun sich der Haustür, dabei nahm er erst jetzt den kalten Regen wahr, der ihm von den Schultern und den triefend nassen Haarsträhnen den Rücken und die Beine hinunterlief.

Plötzlich erlosch das Licht im Haus wieder und er hörte Schritte, die eilig näher kamen.

Schnell huschte Yun in den Schatten des üppig gewachsenen Ligusterstrauches, der sich direkt rechts neben dem kleinen Aufgang zur Haustür befand.

Wie ein Geist aus dem Nichts kommend, tauchte im nächsten Augenblick auch schon der Fremde in der offenen Tür auf. Ganz still stand er auf der obersten Stufe und starrte in die Dunkelheit, dann sah er sich langsam um. Einmal nach rechts und einmal nach links.

Yun war für einen kurzen Moment wie erstarrt.

Das Erscheinungsbild des Eindringlings war angsteinflößend. Er war von großer und kräftiger Statur. Noch immer hielt er den Haken in seiner rechten Hand und statt einem Gesicht, erblickte Yun nur eine schwarze Gasmaske, die den Fremden noch unheimlicher aussehen ließ.

Kurz überlegte er zu fliehen, aber der Mann stand nur drei Schritte von ihm entfernt, mit nur einem Sprung könnte er ihn erreichen.

Außerdem wusste Yun ja schon, dass der Typ ziemlich schnell war. Nein, eine Flucht wäre in seiner jetzigen Situation ausweglos, also verharrte er still in seinem Versteck und hoffte, dass er ihn nicht entdecken würde.

Ein paar Sekunden später konnte er erleichtert aufatmen, denn der Fremde entfernte sich mit langamen Schritten Richtung Hofplatz.

Kurz darauf heulte ein Motor auf.

Nachdem Yun aus seinem Versteck gekommen war, konnte er gerade noch sehen, wie ein alter Transporter auf die Straße abbog und mit quietschenden Reifen davon fuhr.

Mit weichen Knien und einer Gänsehaut am ganzen Körper kehrte Yun in seine Wohnung zurück.

Er betrat jeden Raum und sah sich genau um, aber es

fehlte nichts. Außer der kleinen Pfütze im Flur und den schmutzigen Stiefelabdrücken, die einmal durch die ganze Wohnung führten, hatte der Einbrecher keine Spuren hinterlassen.

8
FREITAG

Am nächsten Tag war Yun gerade dabei, seine Turnschuhe anzuziehen, als das Handy in seiner Hosentasche klingelte. Erschrocken fuhr er zusammen, der
Schreck der vergangenen Nacht steckte ihm noch in
den Knochen.

„Hallo Herr Ahrens, hier spricht Frau Jakoby. Ich habe
gute Neuigkeiten für Sie. Die Firma, bei der sie sich be-
worben haben, hat sich schon bei mir zurückgemeldet.
Sie können gleich am Montag als Auslieferungsfahrer
anfangen. Um sieben Uhr würde sie jemand beim großen Supermarktparkplatz an der Bundesstraße abholen."

Yun lächelte, endlich mal eine positive Nachricht nach
all dem Chaos der letzten Tage.

„Okay, das ging ja wirklich schnell, dann warte ich am
Montag um sieben auf dem großen Parkplatz", erwiderte er gut gelaunt.

„Und seien sie diesmal pünktlich, als Auslieferungsfahrer stehen sie immer unter Zeitdruck, da wäre es kein
guter Start, wenn sie zu spät kämen", ermahnte ihn die
Frau von der Arbeitsvermittlung.

„Na klar, das bin ich", antwortete Yun voller Zuversicht.

„Sie werden erstmal einen Monat mit einem der er-
fahrenen Auslieferer mitfahren, um die Route und die

Abläufe kennenzulernen. Wenn das gut klappt und Sie dann immer noch als Auslieferungsfahrer arbeiten möchten, bekommen Sie ein eigenes Fahrzeug zugeteilt. Alles weitere kann Ihnen sonst auch der Mitarbeiter erklären, der Sie einarbeiten wird."

„Das hört sich gut an", antwortete Yun. Dann verabschiedete er sich und legte auf.

Yep, endlich würde er sein eigenes Geld verdienen. Bisher lief es für ihn hier oben im Norden doch gar nicht so schlecht. Wäre da nur nicht dieser merkwürdige Vorfall gewesen, den er beobachtet hatte. Er sollte das Ganze einfach vergessen und nach vorn schauen. Doch er wusste schon jetzt, dass ihm das nicht so einfach gelingen würde.

Am liebsten hätte er sofort seine Mutter angerufen und seine Freude über die Zusage mit ihr geteilt, aber dafür war er dann doch zu stolz. Außerdem würde sie ihm vermutlich eine Predigt halten, dass das kein richtiger Beruf wäre und darauf hatte er keine Lust. Er beschloss, ihr eine Nachricht zu schreiben, auch damit sie wusste, dass es ihm gut ging.

Und dann tat er das, was er sich für diesen Tag vorgenommen hatte – er fuhr ans Meer.

Bis jetzt war er noch nie an der Nordsee gewesen, dabei war sie nur einen Katzensprung von seinem Wohnort entfernt – so vermutete er zumindest – denn woher kämen sonst die vielen Möwen, die sich jeden Morgen auf dem First der großen Maschinenhalle sammelten?

„So weit weg vom Meer würden sie sicher nicht ins Landesinnere fliegen", so dachte er jedenfalls. Doch als er in seinem Handy den Routenplaner aktivierte, belehrte ihn dieser eines Besseren. Bis zur Nordsee waren es doch noch etwas über zehn Kilometer.

„Egal", dachte er. Das Wetter schien perfekt für einen Ausflug zu sein und er hatte sich über eine Verkaufsplattform auch schon ein altes Fahrrad organisiert, ein Klappriges zugegeben, aber es war so gut wie umsonst gewesen und tat noch das, wozu es mal hergestellt wurde: es fuhr.

Am Anfang im Schutz der Häuser kam er noch gut voran, aber als er das Dorf verließ und auf die offen gelegenen Feldwege kam, fiel ihm das Treten der Pedalen zunehmend schwerer.

Der kräftige Nordwestwind kam unerbittlich direkt von vorn und manchmal fühlte es sich so an, als würde jemand an seinen Gepäckträger hängen und versuchen ihn anzuhalten.

Schon nach wenigen Kilometern legte er, irgendwo zwischen großen Windkraftanlagen und gelbbraunen Stoppelfeldern, eine kurze Pause ein, um wieder zu Kräften zu kommen.

In Koblenz war er viel mit dem Fahrrad unterwegs gewesen und er musste auch mal kleine Berge bezwingen, aber das war nichts im Vergleich zu der Kraft des Windes, die sich ihm hier entgegenstellte. Trotzdem näherte sich Yun Meter für Meter seinem Ziel.

Sein Weg führte durch kleinere Küstendörfer und bald schon meinte er, die salzige Meeresluft auf seinen Lippen zu schmecken.

Nachdem er den Großteil der Strecke hinter sich gelassen hatte, stieg die Straße leicht an und machte einen Knick. Jetzt fiel Yuns Blick über die großen Süßwasserbecken, in denen sich unzählige Wildgänse, Enten und andere Seevögel tummelten. Vor den flachen Gewässern grasten ein paar Schafe.

Der Außendeich, der das Festland bei Sturmfluten vor der Nordsee schützte, lief jetzt links von ihm parallel entlang der Straße, die nach Dagebüll führte.

Yun konnte es kaum erwarten, endlich das Meer zu sehen. Er hoffte nur, dass er es auch zu Gesicht bekommen würde, denn der Wasserstand der Nordsee wurde von den Gezeiten bestimmt. Yun wusste, dass sich das Meer durch die Anziehungskraft des Mondes zweimal am Tag für mehrere Stunden zurückzog.

Beim nächsten Deichübergang hielt er an.

Nachdem er sein Fahrrad einfach ins Deichgras gelegt hatte, joggte er die letzten Meter den schräg über den Deich führenden Weg hinauf bis nach oben auf die Deichkrone. Dort angekommen schlug ihm eine steife Brise entgegen. Seine schwarzen Haare wurden von der frischen, salzigen Seeluft streng nach hinten geweht und der Anblick der tosenden Wellen überwältigte ihn. Wild und unergründlich lag die Nordsee nun direkt vor ihm.

Yun war beeindruckt, das Meer war noch schöner, als er es sich vorgestellt hatte.

Als dann ein Sonnenstrahl durch die aufbrechenden Wolken fiel, der die Nordsee in ein wunderschönes blau-grünes Licht tauchte und dabei die weißen Schaumkronen der heran rollenden Wogen zum Leuchten brachte, hatte Yun das Gefühl, vor einem lebendigen Gemälde zu stehen. Eines, in das er vollkommen eingetaucht war.

Die Hände hinter sich ins weiche Gras abgestützt, saß er ganz oben auf der Deichkrone und genoss den wunderschönen Ausblick, der ihn für seine anstrengende Fahrradtour mehr als nur angemessen belohnte.

Die Weite der Nordsee, die sich bis zum Horizont erstreckte und aussah, als würde sie niemals enden, gab Yun das Gefühl von Freiheit und er konnte seine Sorgen und Ängste für den Moment völlig vergessen.

Noch eine ganze Weile blieb er dort oben sitzen, bevor er den Deich hinab bis ans Wasser ging. Unten auf dem Fußweg zog er die Turnschuhe und seine Strümpfe aus und kletterte die großen schwarzen Steine hinunter, die wahrscheinlich als Wellenbrecher fungierten.

Die Farbe des Meerwassers war schwer zu beschreiben, im Schatten war es grau, fast schwarz, aber wenn das

Sonnenlicht darauf fiel, wurde es grün, blaugrau oder manchmal auch bräunlich. Es fühlte sich weich und angenehm an und war gar nicht kalt.

Hätte er ein Handtuch dabei gehabt, wäre er jetzt schwimmen gegangen, aber so blieb es vorerst nur bei einem Fußbad.

Auf dem Rückweg meinte der Wind es gut mit ihm. Er kam von hinten und schob ihn vor sich her, so musste er sich viel weniger anstrengen und war schnell wieder zu Hause.

Völlig geschafft, ließ er sich mit einem Glas Orangensaft und einem Wurstbrot auf sein Sofa vor den Fernseher fallen, wo er schon wenig später einschlief.

9
MONTAG

Das Wochenende verlief ruhig. Aber der nächtliche Besuch hatte Yun Angst gemacht. Sobald er nun abends zu Hause war, schloss er die Tür hinter sich ab und jedesmal, wenn ein Hofmitarbeiter auf das Grundstück fuhr, um nach den Tieren zu sehen, sprang er ans Fenster und atmete erst wieder auf, wenn er sich überzeugt hatte, dass es sich nicht um den blauen Transporter handelte. Er rechnete jederzeit damit, dass der Einbrecher noch einmal zurückkommen würde.

Eins war klar, wenn er nicht verrückt werden wollte, brauchte er dringend eine Ablenkung. Wie gut, dass er nun bald eine geregelte Arbeit hatte, dann würde er sicher abends totmüde ins Bett fallen und alles wäre bald vergessen – so hoffte er jedenfalls.

Am Sonntag ging er früh schlafen, um am nächsten Morgen fit und ausgeruht für seinen ersten Arbeitstag zu sein.

Pünktlich um kurz vor halb sieben stand er am Montag morgen, ordentlich mit hellem T-Shirt und dunkler Jeans bekleidet, an der Bushaltestelle gegenüber vom alten Dorfkrug. Doch der Bus kam nicht.

Und auch weitere zehn Minuten nach der planmäßigen Abfahrtszeit war der Bus noch nicht in Sicht.

Yun wurde ungeduldig.

Hinter ihm auf der Bank saß noch jemand, der allerdings im Gegensatz zu ihm sehr gelassen wirkte. Der Typ war ungefähr in seinem Alter, vielleicht auch etwas jünger und ziemlich dick, das war das erste, was Yun an ihm auffiel. Seine Ellbogen und Unterarme hatte er auf seine Oberschenkel gestützt und den Blick starr auf den Boden gerichtet.

„Hallo?", sprach Yun ihn an, doch er reagierte nicht. Dann, als der Typ sich eine dunkelblonde Haarsträhne hinter das Ohr klemmte, sah Yun die kleinen AirPods, die in seinen Ohren steckten. Zaghaft, um ihn nicht zu erschrecken, tippte Yun ihn an der Schulter an.

Fragend sah er auf und zog einen der AirPods aus dem Ohr.

„Hey, weißt du, warum der Bus nicht kommt?"

Der junge Mann warf einen Blick auf seine Armbanduhr, dann zuckte er mit den Schultern.

„Keine Ahnung", erwiderte er und blickte einmal nach rechts und links die Straße entlang. „Der kommt bestimmt noch", sagte er dann, „ab und zu hat er mal Verspätung, das ist normal."

„Achso", antwortete Yun und wollte sich gerade abwenden, als der Typ aufstand und sich neben ihn stellte.

„Moin erstmal, ich bin Nils."

„Yun", antwortete er und schüttelte dabei kurz die ausgestreckte Hand seines Gegenübers.

„Machst du hier Urlaub? Wo kommst du denn her?"

Yun hatte gerade nicht die Ruhe, sich auf einen Small-Talk einzulassen, aber er wollte auch nicht unhöflich sein.

„Nein, ich bin vor kurzem aus Koblenz hergezogen," erwiderte er knapp, dabei wandte er seinen Blick immer wieder in die Richtung, aus der er nun jede Minute den Bus erwartete.

„Ah, Koblenz. Und deine Eltern? Japan?"

Yun war genervt.

„Meine Mutter ist Koreanerin", sagte er dann und hoffte, sein Gegenüber würde an seinen knappen Antworten erkennen, dass ihm gerade nicht nach einer oberflächlichen Unterhaltung zumute war. Schon gar nicht über seine Herkunft.

„Oh, ein schönes Land … vermute ich", Nils lachte kurz, „ich war noch nie da."

„Ich auch nicht", erwiderte Yun monoton.

Kurzes Schweigen.

Tatsächlich schien Nils nun gemerkt zu haben, dass Yun für ein Gespräch nicht in Stimmung war.

„Naja, dann viel Spaß bei was auch immer", mit diesen Worten setzte er sich zurück auf die Bank und stöpselte sich wieder seine AirPods in die Ohren.

Wenn der blöde Bus jetzt nicht gleich hier auftaucht, würde er schon an seinem ersten Arbeitstag zu spät kommen, dachte Yun verärgert.

Gerade als er den Fahrplan auf seinem Handy öffnen wollte, um nach Ausfällen oder Verspätungen zu schauen, bog plötzlich ein ihm unbekanntes Auto in die Bucht der Bushaltestelle ein und hielt direkt neben ihm an. Als das Fenster langsam herunter fuhr, erkannte er das Mädchen, das vor ein paar Tagen seine Fahrkarte verloren hatte.

„Hallo, ich wollte euch nur Bescheid sagen, dass der Bus nicht mehr kommen wird, die Busfahrer streiken heute, es war eben im Radio", sagte sie und wieder bekam sie rote Wangen, was Yun irgendwie niedlich fand.

„Wirklich? Oh, Shit", erwiderte er, seine Enttäuschung war ihm dabei deutlich anzusehen.

Auch Nils schien jetzt nicht mehr ganz so entspannt.

„Wir fahren nach Bredeby, wenn du willst, können wir dich mitnehmen, es sei denn, du möchtest in eine andere Richtung?", fragte Kristin, die am Steuer saß.

„Äh, nein, ich glaube, die Richtung stimmt, ich muss zum großen Parkplatz an der Bundesstraße, kommen sie da vorbei?" Mit einem hoffnungsvollen Blick sah er die beiden an.

„Ja, das liegt auf dem Weg, steig ein", antwortete Luka und lächelte ihm freundlich zu. Erleichtert erwiderte er ihr Lächeln. Nun könnte er es vielleicht doch noch schaffen, pünktlich am Treffpunkt zu sein.

„Sollen wir dich auch mitnehmen?"

Luka warf Nils einen fragenden Blick zu.

„Oh gerne, ich müsste auch nach Bredeby", antwortete

er dankbar über das Angebot und beide stiegen hinten ein.

Im Auto waren alle schweigsam. Schon nach wenigen Minuten hatten sie den Parkplatz an der Bundesstraße erreicht. Yun stieg aus, bedankte sich nochmal höflich und verabschiedete sich dann, dabei sah er in Lukas' dunkle Augen und wieder fiel ihm auf, wie schön ihr Gesicht war.

Der Parkplatz war noch ziemlich leer. Außer den Autos der Bäckerei-Mitarbeiter und dem Transporter einer Baufirma standen dort keine weiteren Fahrzeuge.

Die Bäckerei am Eingang des Supermarktes öffnete gerade ihre Türen und es duftete nach frisch gekochtem Kaffee und Croissants.

Yun beschloss, sich schnell noch einen Kaffee und ein Rosinenbrötchen zu kaufen, drei Minuten hatte er noch, das würde reichen.

Nachdem er sich sein Frühstück besorgt hatte und wieder auf den Parkplatz kam, bemerkte er, etwas abseits am Rand, einen älteren weißen Lieferwagen. Die hinteren Flügeltüren standen weit offen und er konnte darunter ein paar Füße sehen. Beim Näherkommen las er die Aufschrift auf der seitlichen Transporterwand und tatsächlich, es handelte sich um das Paketdienstfahrzeug, mit dem er heute das erste Mal mitfahren sollte.

Als Yun direkt vor dem Lieferwagen stand, fielen ihm die rostigen Radläufe und die Beulen am vorderen

Kotflügel und an der Fahrertür auf. Besonders gepflegt wurde das Fahrzeug wohl nicht. Es war auch schon ein älteres Modell der Marke Ford, wenn Yun sich nicht irrte.

Im Innenraum rumpelte es. Der Fahrer war in den Laderaum gestiegen und offenbar gerade dabei, die Pakete umzustapeln. Als Yun einen Blick hinein warf, sah er einen etwas schräg zu ihm stehenden großen Mann, der ihm auf merkwürdige Weise gleich bekannt vorkam. Er starrte auf ein kleines, schon etwas ramponiertes Päckchen, das er in seinen Händen hielt.

„Guten Morgen", rief Yun laut und deutlich.

Der Mann zuckte zusammen und ließ vor Schreck das Päckchen fallen. Aber anstatt es wieder aufzuheben, sah Yun, wie er es mit dem Fuß schnell ein Stück unter den Beifahrersitz schob, bevor er sich zu ihm umdrehte.

„Sag mal Junge, hast du keine Manieren? Du kannst mich doch nicht einfach so von hinten anquatschen!", fuhr er ihn wütend an und richtete sich dabei zu voller Größe auf.

Yun wollte etwas sagen, doch er bekam keinen einzigen Ton heraus. Wie erstarrt blickte er in diesem Moment genau dem Mann ins Gesicht, den er erst vor ein paar Tagen beim Entsorgen einer Leiche zum ersten Mal gesehen hatte.

10

Der Mann nuschelte irgendwas, während er die Klappen des Transporters schloss. Dann sagte er mit deutlicher Stimme: „Worauf wartest du, Junge? Steig schon ein!", und gab Yun ein Handzeichen, sich nach vorn in den Transporter zu setzen.

Wortlos tat Yun, was er sagte.

„Ich bin Udo und du bist?", fragte er, als beide im Transporter saßen.

„Yun", antwortete er so normal, wie es ihm möglich war, aber in seinem Inneren war er nach wie vor fassungslos. Was sollte er jetzt tun? Einfach ignorieren, dass er es hier vielleicht mit einem Mörder zu tun hat? Oder alles über den Haufen werfen, sich unter einem Vorwand verabschieden und das Weite suchen?

Die ganze Situation überforderte ihn.

Udo zog mit der linken Hand eine Zigarettenschachtel aus dem Seitenfach der Fahrertür, öffnete die Schachtel mit dem Mund und zog sich mit den Lippen gekonnt eine einzelne Zigarette heraus, während er den Transporter mit der Rechten Richtung Parkplatzausfahrt steuerte.

„Stört dich doch nicht, wenn ich rauche? Ich bin nach dem Beladen noch gar nicht dazu gekommen."

„Nein, ist okay", antwortete Yun.

Mit leichtem Kraftaufwand kurbelte er das Fenster ein

Stück herunter und ließ sich den kühlen, morgendlichen Fahrtwind ins Gesicht wehen, das half ihm dabei, wieder zu sich zu kommen. Er musste unbedingt einen klaren Kopf behalten, dachte er, bloß nicht auffällig verhalten. Doch sich auf die Arbeit zu konzentrieren, das fiel ihm im Moment noch sehr schwer.

„Also pass auf", sagte Udo und pustete den Qualm seiner Zigarette dabei achtlos in Yuns Richtung.

„Erstmal ein paar Infos, damit du schonmal einen Überblick bekommst. Jede Fahrt beginnt mit dem Abholen der Ware aus dem Paketlager. Du packst die Pakete selbst in deinen Transporter, verstanden?"

„Ja, alles klar", erwiderte Yun.

„Hast du ein Auto?"

„Äh, nein."

„Mmh, okay, dann hol ich dich morgen bei dir zu Hause ab und wir fahren zusammen ins Lager, damit du auch den Ablauf der Fahrzeugbeladung kennenlernst." Yun nickte.

„Ja, ist gut", antwortete er. Aber eigentlich war das ganz und gar nicht gut. Dieser Udo durfte auf keinen Fall erfahren, wo Yun wohnte, denn dann wüsste er auch, dass er es war, der ihn beobachtet hatte – nein, diesbezüglich würde er sich unbedingt noch etwas einfallen lassen müssen.

Während der Fahrt zeigte Udo Yun die Liste der Adressaten, die sie an diesem Tag beliefern mussten. Er erklärte ihm den Ablauf bei der Abgabe an den Kunden, zeigte ihm, wie das Scangerät für die Codes funktionierte und was man tun musste, wenn man an der Abgabeadresse niemanden antrifft.

„Erstmal alles im Schnelldurchlauf, damit du die groben Abläufe schon mal kennenlernst", sagte Udo. „Mit jedem Tag wirst du dir mehr merken und sicherer werden."

Durch die vielen Dinge, die Yun sich einprägen musste und Udos lockere Art, konnte Yun sich nach und nach entspannen, ausblenden, was er über Udo wusste und sich auf die Arbeit konzentrieren.

Am Abend gegen sechs Uhr waren alle Pakete ausgeliefert.

„So, Schluss für heute. Ich fahr dich nach Hause, wo wohnst du denn?", fragte Udo, während er sich genüsslich eine Zigarette anzündete.

Yun zögerte. „Ach, das ist nicht nötig, ich muss noch was einkaufen, du kannst mich wieder beim Supermarkt rauslassen."

„Wie du willst, aber ich muss trotzdem wissen, wo du wohnst, damit ich dich morgen früh abholen kann."

„Hauptstraße hundertvierundsechzig", log er, denn das war das Haus, in dem eigentlich nicht er, sondern das hübsche Mädchen wohnte. So war es für Yun einfach, trotz der falschen Adresse am nächsten Morgen pünktlich an der Einfahrt zu stehen.

„Schönen Feierabend, Junge, bis morgen. Aber steh schon um sechs draußen, denn wir müssen ja noch ins Lager und die Pakete einladen", sagte Udo noch, als sie den Parkplatz erreicht hatten und Yun ausstieg.

Als er dem Transporter hinterhersah, wie er langsam über den Parkplatz rollte und dann auf der Straße Richtung Ortsausgang verschwand, kamen auch die dunklen Gedanken zurück. Er atmete einmal tief ein und aus, bevor er sich auf den mehrere Kilometer langen Heimweg machte. Beim Laufen ließ er den Tag noch einmal Revue passieren.

Wüsste er es nicht besser, würde er Udo für einen zwar rauen, aber durchaus ganz netten Mann halten.

„Wäre ich doch nur an jenem Tag zu Hause geblieben, anstatt mich auf dem Hofgelände herumzutreiben, dann könnte ich mich jetzt einfach nur freuen, dass alles so gut läuft", ging es ihm durch den Kopf, denn sein erster Arbeitstag hatte ihm gut gefallen und er konnte sich durchaus vorstellen, einige Zeit mit dem Ausliefern von Paketen sein Geld zu verdienen.

11
DIENSTAG

Am nächsten Morgen um kurz vor sechs wartete Yun wie verabredet an der Auffahrt zum Nachbarhaus. Die Luft war noch angenehm kühl und das Gras noch feucht vom Morgentau, doch das würde sich bald ändern, denn laut Wettervorhersage war eine Hitzewelle im Anmarsch und heute sollte es schon ein richtig warmer Tag werden.

Neben ihm in den Blättern der Kirschlorbeerhecke war eine dicke Kreuzspinne gerade dabei, sich ein neues Netz zu weben. Yun beobachtete kurz, wie sie den Faden geschickt mit den Hinterbeinen an einem Zweig platzierte. Altweibersommer nannte man es, wenn es am Ende des Sommers, kurz vor Herbstbeginn, nochmal richtig warm wurde und auf einmal überall in den Büschen und an den Fenstern große Kreuzspinnen in ihren wunderschön gesponnenen Netzen saßen.

Yun fragte sich jedesmal, wo die unzähligen imposanten Tiere mit der filigranen Kreuzzeichnung auf dem Rücken so plötzlich herkamen. Das ganze Jahr über sah man nicht eine von ihnen und dann, so als hätte es über Nacht eine Invasion gegeben, hingen sie an jedem Strauch und man musste beim durch den Garten spazieren gut aufpassen, nicht versehentlich durch eines ihrer Netze zu laufen.

Udo kam auf die Minute genau.

„Moin, na, ausgeschlafen?", fragte er lächelnd, während Yun einstieg und nahm einen großen Schluck aus seinem Kaffeebecher. Doch schon im nächsten Augenblick verzog er angewidert das Gesicht.

„Bäh, es gibt nichts Ekligeres als kalten Kaffee", sagte er laut und schüttete den letzten Rest des Inhalts mit einer ruckartigen Bewegung aus dem Fenster.

„Moin", antwortete Yun und brachte dabei nur ein ganz kurzes, einseitiges Lächeln zustande. Um diese Zeit befand er sich normalerweise noch im Tiefschlaf und um sich einen Kaffee zu kochen, bevor er das Haus verließ, hatte die Zeit nicht mehr gereicht.

Obwohl er noch nicht ganz bei sich war, entging ihm nicht der auffällig ernste Blick, den Udo auf das Grundstück des verlassenen Bauernhofs warf, als sie in Schrittgeschwindigkeit an der Einfahrt vorbei fuhren.

„Oh man", dachte Yun, „wie lange würde er dieses Katz-und Mausspiel wohl durchhalten?"

Udo zu belügen, fühlte sich mies an, aber trotzdem war er jetzt froh, dass er ihm im Bezug auf seine Anschrift nicht die Wahrheit gesagt hatte. Was würde er wohl mit ihm machen, wenn er die Wahrheit kennen würde? Yun wollte lieber nicht weiter darüber nachdenken. Nur diesen einen Monat musste er durchhalten und Udo seine Unwissenheit vortäuschen, danach würde er seinen eigenen Transporter bekommen und nicht mehr mit ihm zusammenarbeiten. Das war jedenfalls sein Plan.

Bis zu der angemieteten Halle, in der die Pakete zwischengelagert wurden, waren es nur wenige Minuten. Udo parkte den Wagen rückwärts vor dem großen Hallentor. Dann öffnete er es und wies Yun an, hinten in den Transporter einzusteigen.

„So Junge, ich reiche dir die Pakete an und du stapelst sie. Fang direkt hinter dem Fahrersitz an und arbeite dich dann nach vorn. Die Schweren nach unten, die Kleineren nach oben. Und pass auf, dass du keinen der Kartons beschädigst!"

Mit diesen Worten hob er schon das erste Paket in den Laderaum. Yun versuchte kurz, es anzuheben, entschied sich dann aber schnell, es bis nach hinten durchzuschieben, denn es war ziemlich schwer.

„Na, nichts in der Muschel, was?", Udo grinste.

„Hey, das wiegt mindestens dreißig Kilo", antwortete Yun lächelnd.

„Zwanzig", erwiderte Udo trocken, „da ist Hundefutter drin, die Lieferung hab ich regelmäßig."

Yun zuckte mit den Schultern. Udo hatte recht, ein bisschen Muskeltraining würde ihm sicher nicht schaden, vor allem weil er die Arbeit bald allein machen muss. In Koblenz war er eine Zeitlang regelmäßig ins Fitnessstudio gegangen, aber das war schon eine ganze Weile her. Als er mit dem nächsten großen Paket am hinteren

Ende des Transporters angekommen war und sich etwas weiter nach unten bückte, um es richtig zu positionieren, fiel ihm sein Handy aus der Hosentasche. Es rutschte über den glatten Transporterboden bis unter den Beifahrersitz.

Yun stöhnte. Genervt schob er das große Paket beiseite, kniete sich dahinter, so dass man ihn kaum noch sehen konnte und tastete mit ausgestreckten Fingern unter dem Sitzgestell herum.

Immer tiefer schob er seinen Arm darunter, bis er plötzlich etwas berührte. Aber das war nicht sein Handy. Langsam zog er es hervor und erkannte das kleine, ramponierte Päckchen, das Udo am Vortag mit dem Fuß unter den Sitz geschoben hatte. Im Stillen las er den Namen und die Anschrift des Adressaten: *Volker Ebsen, Ruckelsbüller Weg 5 in Rodenase.* Er drehte den kleinen Karton in den Händen, als er an einer der Ecken ein paar rot-braune Spritzer entdeckte. Er sah sie sich genau an. War das … Blut?

„Was machst du da? Beeil dich, wir haben nicht ewig Zeit", ertönte Udos Stimme in scharfem Tonfall.

Yun erschrak. „Ja, ich komme schon", antwortete er und schob das Päckchen schnell zurück unter den Beifahrersitz.

Zum Glück hatte Udo ihn hinter dem großen Paket nicht richtig sehen können. Doch sein Handy hatte Yun noch nicht wiedergefunden, höchstwahrscheinlich war es ganz nach vorne in den Fußraum des Beifahrers gerutscht, aber da würde er nachschauen, wenn sie mit dem Beladen fertig waren.

Ein Paket nach dem anderen verstaute er sorgsam im Laderaum des Transporters, bis dieser komplett voll war. Dann zeigte Udo ihm noch, wie man die Ladung ordnungsgemäß sicherte. Das war anstrengender, als er gedacht hatte und er war froh, als das letzte Päckchen auf seinem Platz lag und Udo endlich die rostigen Heckklappen des Transporters schloss.

Beim Einsteigen entdeckte Yun dann auch gleich sein Handy. Es lag vorne im Fußraum, so wie er es vermutet hatte.

„Und auf gehts!", sagte Udo voller Tatendrang.

Er startete den Motor und mit voll beladenen Transporter machten sich die beiden auf den Weg zum ersten Kunden.

Während der Fahrt sah Yun aus dem Fenster und grübelte, was es wohl mit dem Päckchen auf sich haben könnte.

Irgendetwas stimmte nicht. Woher kamen wohl die Blutspritzer? Hatte das Päckchen vielleicht etwas mit der Leiche zu tun?

12

„Bis morgen, gleiche Zeit", rief Udo durch das offene Fenster, nachdem er Yun am frühen Abend wieder vor dem Nachbargrundstück abgesetzt hatte.

„Ja, bis morgen", erwiderte Yun und hob zum Abschied nochmal kurz die Hand. So erschöpft war er schon lange nicht mehr. Der Arbeitstag eines Auslieferungsfahrers war ziemlich anstrengend, dazu die Wärme und das viel zu frühe Aufstehen und dann hatte der alte Transporter noch nicht mal eine Klimaanlage. Yuns Energie war gänzlich aufgebraucht.

„Hallo", hörte er plötzlich eine weiche Stimme hinter sich. Als er sich umdrehte, stand Luka vor ihm. Sie trug ein weißes, ärmelloses Top mit einem Bandaufdruck und eine kurze, locker sitzende Jeanshose. Ihre dunklen Haare hatte sie zu einem Pferdeschwanz zusammengebunden und um den Hals schaute der Neckholder eines Bikinis hervor. Unter ihrem rechten Arm hielt sie ein zusammengerolltes Bündel, das wie eine Wolldecke aussah. Freundlich lächelte sie ihn an.

„Was stehst du denn hier so in der Gegend rum?"

Wie niedlich sie aussah, dachte er bei sich und erwiderte ihr Lächeln. Dann strich er sich die schwarzen, längeren Haare seines Ponys aus dem Gesicht.

„Hey, ach, ich komme gerade von der Arbeit und bin total kaputt", antwortete er, „liegt wohl am Wetter."

Sie nickte. „Ja, es ist ziemlich warm heute. Wir fahren an die Nordsee zum Baden, möchtest du vielleicht mitkommen?"

Und ob er das wollte, da brauchte er nicht lange überlegen. Nur das wir irritierte ihn etwas.

„Wer ist *wir*?", fragte er und sah sich um.

Sie lachte.

„*Wir,* das sind drei meiner Freunde und ich", antwortete sie, „die holen mich gleich hier ab."

„Achso, also wenn ihr noch Platz habt, dann würde ich gerne mitkommen, ich müsste nur noch schnell meine Badesachen holen."

Luka nickte, „wir warten hier auf dich."

Yun joggte los. Zuhause angekommen kramte er seine Badehose aus einem der Umzugskartons, die noch gepackt und unangetastet im Flur seiner Wohnung standen und rollte sie in sein großes Badehandtuch ein. Danach rannte er zurück zu Luka. Auf halbem Weg wurde er langsamer.

Vor der Einfahrt von Lukas Haus stand ein Mercedes Kombi in dunkelgrünem Metalliclack. Ein älteres Modell aus den Achtzigern. Alle Fensterscheiben waren heruntergekurbelt. Musik, verschiedene Stimmen und Gelächter hallten aus dem Innenraum, als er näher kam. Die rechte, hintere Fahrzeugtür stand noch offen. Dann sah er Luka, die schon auf dem Rücksitz saß.

„Komm, du kannst hier hinten sitzen."

Drei fremde Augenpaare musterten ihn interessiert, nachdem er eingestiegen war. Er räusperte sich.

„Hallo, ich bin Yun. Echt nett, dass ich mitfahren kann", sagte er in die Runde.

„Moin, kein Problem, ich bin Erik", antwortete der junge Mann auf dem Fahrersitz. Er war ungefähr in Yuns Alter, hatte blonde, etwas längere Haare, die hinten aus seinem Cappy herausschauten und ein offenes, freundliches Gesicht. Er schien aufgeschlossen und sehr entspannt zu sein, ganz im Gegensatz zu dem Typ mit den schwarzen Locken, der auf dem Beifahrersitz saß. Ihn konnte Yun auf den ersten Blick nur schwer einschätzen. Er wirkte ein wenig reserviert und nachdenklich, aber auch er grüßte höflich und stellte sich als Lasse vor. Dann war da noch ein Mädchen mit blonden Haaren und einem Bob Cut Haarschnitt, sie saß ganz links am Fenster.

„Hey Yun, ich bin Kerrin", sagte sie und gab ihm sogar die Hand.

Dann drehte Luka sich zu ihm um.

„Und ich heiße übrigens Luka", sie schmunzelte.

Obwohl Yun auch sie kaum kannte, gab ihre bloße Anwesenheit ihm eine gewisse Sicherheit und er fühlte sich auf Anhieb wohl.

Während der Autofahrt löcherte Erik ihn mit Fragen.

Was machst du so?

Wo kommst du her?

Was hat dich gerade hier nach Nordfriesland verschlagen? Und so weiter.

Yun machte das nichts aus, er versuchte alle Fragen so gut wie möglich zu beantworten. Es war das erste Mal, dass er mit Einheimischen unterwegs war, ausgenommen von Udo natürlich, aber das war ja etwas anderes. Er freute sich darüber, endlich Kontakt zu netten Leuten in seinem Alter gefunden zu haben und Luka mochte er besonders.

Es dauerte nur wenige Minuten und sie hatten das Ende des Dorfes erreicht. Nun ging es hinaus in die umliegenden Reußenköge, wie hier das Vorland der Nordsee genannt wurde. Luka erklärte Yun, dass der Reußenkoog genau genommen aus mehreren einzelnen Kögen bestand, die alle einen eigenen Namen hatten, zum Beispiel dem Hauke-Haien Koog, dem Sönke-Nissen Koog oder dem Sophien-Magdalenen Koog und der Hamburger Hallig, einer früheren Insel, die man heute über einen vier Kilometer langen Damm erreichen konnte. Umgeben von Stoppelfeldern und gigantischen Windkraftanlagen standen hier in der Gegend große landwirtschaftliche Anwesen. Auffällig war, dass fast jedes der großen Gebäude ein grünes Dach hatte. Die Bauern mussten mal viel Geld gehabt haben, um sich solche schönen Häuser bauen zu können, dachte Yun beeindruckt.

Die Luft roch nach Schweinedung, aber niemand im

Auto kam auf die Idee, ein Fenster zu schließen, denn dafür war es einfach noch zu warm und jeder von ihnen genoss die angenehme Erfrischung, die der Fahrtwind brachte.

Die meiste Zeit konnte Yun aus seinem Fenster schauend parallel zur Straße den Deich sehen, hinter dem, so vermutete er, direkt das Meer lag, bis sie dann irgendwann nach rechts abbogen. Nun führte die Straße auf den Deich hinauf und an der anderen Seite wieder herunter einen langen Weg geradeaus zwischen den großen Süßwasserseen hindurch, die sich hier mit dem Salzwasser des Meeres mischten, wenn es bei Flut durch die Deichschleusen eingeleitet wurde.

Die Landschaft war herrlich und zog Yun sofort in ihren Bann. Zahlreiche, verschiedene Vogelarten tummelten sich im Wasser und in der Luft über den Seeflächen und mittendrin stand, teilweise bis zum Bauch im Wasser, eine kleine Herde schwarzer Kühe, die Yun aus der Ferne betrachtet zuerst für Wasserbüffel gehalten hatte. Naturbegeisterte Touristen standen mit großen, auf Dreibeinständern aufgebauten Fernrohren an den Straßenrändern und beobachteten die Tiere.

Kurz bevor sie den Außendeich erreichten, mündete die Straße in einen großen Sandparkplatz. Sie waren am Ziel.

„Allemann raus", witzelte Erik, sprang aus dem Kombi und reckte einmal befreiend die Arme in die Luft.

Yuns T-Shirt flatterte heftig im Wind, als er ausstieg. So eine frische Brise hatte er jetzt nicht erwartet, denn eben, im Ort war es noch brütend heiß gewesen. Er bekam sogar eine leichte Gänsehaut.

Luka bemerkte sein Frösteln.

„Ist dir kalt?", fragte sie.

„Naja, ist ganz schön frisch hier", erwiderte er.

„Ja, das ist ja das Schöne daran, an einem heißen Tag am Meer zu sein, da lässt es sich meistens viel besser aushalten."

Lasse, der das Gespräch mitgehört hatte, grinste spöttisch. „Hey Weichei, kannst meinen Hoody anziehen, wenn du willst", er warf ihm ohne Vorwarnung seinen Pulli zu.

„Nein danke, geht schon", antwortete Yun und schmiss den Pulli direkt wieder zurück. Dass Lasse ihn offenbar für einen Softie hielt, passte Yun nicht.

Lasse und Erik rannten vor. Kerrin holte noch einen alten, grünen Bundeswehr-Rucksack aus dem Kofferraum. Bei dem schwungvollen Wurf über die Schulter hörte man ein deutliches Klirren.

„Oh", sagte Luka, „an etwas zu trinken habe ich gar nicht gedacht."

„Ach, das macht nichts", antwortete Kerrin, „ich habe genug für uns alle dabei."

Die Mädchen gingen den Deich nach oben. Yun folgte ihnen. Er betrachtete Lukas Rücken. Den dünnen Hals, ihre zierliche Figur, die schmale Taille, die sportlichen Beine und zugegeben, er warf auch einen Blick auf ihren Po, den er ziemlich sexy fand.

Direkt am Meer war der Wind noch ein wenig stärker. Grün-bläuliche leuchtende Wellen schwappten über die Stufen der Betontreppe, die hinab ins Wasser führte und das unverkennbare, angenehme Rauschen des Meeres erfüllte die salzige Luft.

Als auch Yun, Luka und Kerrin den Fuss des Deiches erreichten, hatten Erik und Lasse etwas weiter rechts, abseits der anderen Badegäste, bereits ihre Handtücher plaziert und stiegen schon die Treppe zum Wasser herunter.

Luka breitete ihre Wolldecke neben den Handtüchern der Jungs aus, und die beiden Mädchen ließen sich bequem darauf nieder. Yun spürte ihre musternden Blicke, als er sein T-Shirt auszog. Die Boxershorts unter dem Handtuch gegen seine Badehose zu tauschen, ohne dass sie ihn nackt sehen konnten, war eine echte Herausforderung, aber irgendwie bekam er es hin. Obwohl er schon eine Weile keinen Sport mehr gemacht hatte, war sein Körper immer noch durchtrainiert und seine makellose Haut hatte einen leichte Bräune.

„Wollt ihr denn gar nicht baden?", fragte er die beiden, die keine Anstalten machten, sich umzuziehen.

„Doch, wir kommen gleich nach", antwortete Kerrin.

Das Wasser reichte Yun bis kurz über den Bauchnabel

und war überraschend kühl, so um die zwanzig Grad, schätzte er. An den matschigen Wattboden unter seinen Füßen musste er sich noch gewöhnen. Es fühlte sich komisch an, wenn sich der kalte Schlick durch die Zwischenräume der Zehen drückte. Langsam ließ er sich rückwärts nach hinten ins dunkle Wasser fallen, wo er dann völlig entspannt, fast schwerelos im Rhythmus der Wellen auf und ab trieb, den Blick nach oben in den blauen, klaren Himmel gerichtet.

Ab und zu schwappte ihm glucksend etwas Meerwasser in die Ohren. Doch er hätte sich in diesem Moment nichts Schöneres vorstellen können.

Etwas weiter draußen schienen Lasse und Erik einen riesigen Spaß dabei zu haben, sich mit dem dort im Meer treibenden Seegras zu bewerfen. Kurz darauf kamen auch Luka und Kerrin nach, sie brauchten etwas länger, bis sie sich ganz ins kalte Wasser getraut hatten. Kerrin schwamm zu Lasse und Erik. Luka schien unentschlossen, doch dann schwamm sie zu Yun.

„Na, schön hier, oder?"

Yun drehte sich zu ihr. „Ja, es ist echt cool, ein Meer vor der Haustür zu haben. Danke nochmal für die spontane Einladung, mitzukommen."

„Gern geschehen", erwiderte sie. Die beiden ließen sich nebeneinander treiben und unterhielten sich dabei. Yun mochte Lukas authentische, nette Art. Sie erzählte ihm mehr von Erik, Lasse und Kerrin und dann auch noch ein bisschen von sich selbst. Dabei wurde sie aber keinesfalls aufdringlich, eher im Gegenteil. Yun fand es interessant, etwas über sie zu erfahren und hörte ihr gern zu, wenn sie über ihre Schule oder ihre Freunde sprach.

„Erzähl mal etwas von dir, wie ist es so, ein Paketfahrer zu sein?"

Er dachte kurz nach, bevor er antwortete. „Naja, schwer zu sagen", erwiderte er, „ich mache das ja erst seit zwei Tagen. Aber bis jetzt gefällt es mir ganz gut, nur an das frühe Aufstehen muss ich mich noch gewöhnen."

Luka schmunzelte, „Oh ja, du armer, das wäre auch nicht meine Zeit. Und hast du denn wenigstens einen netten Kollegen?"

Yun musste überlegen, was er darauf antworten sollte. Der Verdacht, Udo könnte jemanden umgebracht haben, machte es ihm nicht leicht, ihn zu mögen, obwohl er jetzt, wo er darüber nachdachte, überraschend feststellen musste, dass er ihn trotzdem eigentlich ganz sympathisch fand.

„Ja", antwortete er schließlich kurz und knapp und lenkte die Unterhaltung dann unauffällig auf ein anderes Thema.

Nach einiger Zeit im Wasser wurde beiden kalt und sie gingen zurück zum Liegeplatz, wo die anderen Drei schon auf sie warteten.

„Na endlich kommt ihr auch mal", sagte Kerrin und

drückte jedem ein kühles Bier in die Hand.

Etwas abseits bemerkte Yun auf einmal Nils, den Typen, mit dem er an der Bushaltestelle kurz gesprochen hatte. Er saß ganz allein mit einer Packung Salzstangen und einer Dose Cola auf einem viel zu kleinen Handtuch und sah aufs Meer hinaus. Fast hatte Yun Mitleid mit ihm, er wirkte etwas verloren und irgendwie einsam.

Als er den Kopf drehte und sich ihre Blicke trafen, hob Yun zur Begrüßung kurz die Hand, denn die Distanz zwischen beiden war zu groß, um sich ein *Moin* oder *Hallo* zuzurufen.

Nils nickte ihm zu und erwiderte den Gruß und Yun dachte für einen Moment, dass er zu ihnen rüberkommen würde, aber das tat er nicht.

Sie saßen noch eine ganze Weile in ihre Handtücher eingemummelt zusammen, unterhielten sich über Gott und die Welt und genossen den Sonnenuntergang, bevor sie sich gegen halb zehn auf den Rückweg machten.

13

„Hey, stop mal", rief Yun plötzlich während der Rückfahrt und beugte sich nach vorn.

Am rechten Straßenrand stand Nils. Er winkte ihnen schon von weitem mit ausgestreckten Armen entgegen. Seinen orangefarbenen Roller hatte er neben sich abgestellt.

„Kennst du den?", fragte Erik überrascht.

„Flüchtig", erwiderte Yun.

„Ach, das ist ja der Typ von der Bushaltestelle, der ist aber nicht weit gekommen", sagte Luka, als sie näher kamen. Erik bremste ab und kam genau neben Nils zum Stehen.

„Moin", sagte Nils zu Lasse, der sich zu ihm aus dem Fenster lehnte. „Könnt ihr mich vielleicht mitnehmen? Mein Roller hat einen Platten."

Erik warf einen skeptischen Blick auf den Rücksitz, der auch ohne Nils schon ziemlich voll war.

„Das geht schon irgendwie, wir rücken ganz eng zusammen", sagte Luka und nickte Nils aufmunternd zu.

„Cool", sagte er daraufhin. „Und kriegen wir meinen Roller vielleicht auch noch mit? Ich möchte ihn ungern einfach hier lassen."

Erik stöhnte leise. „Könnte mit Glück in den Kofferraum passen."

„Danke, ihr seid echt meine Rettung", sagte Nils erleichtert und schob seinen Roller nach hinten, um ihn einzuladen. Erik stieg aus und half ihm dabei. Nicht unbedingt aus Hilfsbereitschaft, sondern wohl eher, weil er Angst hatte, dass sein geliebter Oldtimer einen Kratzer abbekommen könnte.

Yun musste sehr nah an Luka heranrücken, damit Nils genug Platz hatte, um noch die Autotür hinter sich zu schließen, doch das schien sie überhaupt nicht zu stören. Am liebsten hätte er ihr angeboten, sich auf seinen Schoß zu setzen, aber das fand er dann doch irgendwie zu aufdringlich, also sagte er lieber nichts.

Mit halb geöffneter Heckklappe, die Erik mit einem Gummiband unter dem Kombi fixierte, damit sie nicht aufflog und einem herausstehenden Rollerreifen, fuhren sie los.

Erik ließ Yun, Nils und Luka an der Auffahrt des verlassenen Bauernhofes aussteigen. Yun half Nils noch, seinen Roller aus dem Kofferraum zu heben, dann fuhr der Kombi davon.

„Kann ich meinen Roller erstmal hier bei dir auf dem Hof stehen lassen?", fragte Nils, „dann brauch ich ihn nicht ganz bis nach Hause schieben. Ich würde ihn die Tage wieder abholen."

Yun war einverstanden. „Klar, warum nicht. Stell ihn am besten dort in dem kleinen Schuppen ab, den kann ich abschließen", antwortete er.

Nils und Yun tauschten noch ihre Nummern aus, falls

Yun nicht da sein sollte, wenn Nils seinen Roller abholen würde, dann verabschiedete er sich. Nun standen sich Yun und Luka für einen kurzen Augenblick wortlos gegenüber, bis Yun die Initiative ergriff und sie zum Abschied umarmte.

„Schlaf gut", sagte er und lächelte.

Verlegen lächelte sie zurück. „Du auch."

Dann drehte sie sich um und ging die Auffahrt zu ihrem Haus hinauf. Yun blieb noch stehen und sah ihr nach.

„Hey, warte mal, was machst du morgen Abend?"

Luka schien überrascht. „Äh, ich weiß noch nicht, eigentlich hab ich nichts vor."

„Hättest du vielleicht Lust, mir ein bisschen die Gegend zu zeigen?"

Jetzt lächelte sie wieder. „Ja, klar, das kann ich gern machen."

„Ich habe so gegen sechs Feierabend. Soll ich dich dann so um halb sieben abholen?"

„Okay, na dann bis morgen."

Yun war happy, er mochte Erik und Kerrin, aber vorallem mochte er Luka und er hatte das Gefühl, dass es ihr ähnlich ging. Nur bei Lasse war er sich nicht ganz sicher. Es schien ihm nicht besonders zu gefallen, dass Luka sich so gut mit ihm verstand.

14
MITTWOCH

Am nächsten Tag knackten die Temperaturen schon um sechs Uhr morgens die zwanzig Grad Marke. Zum Nachmittag sollten sie laut Wettervorhersage noch bis auf dreißig Grad ansteigen.

Yun war wieder dafür zuständig, die Pakete ordentlich und nach Adressen sortiert im Transporter zu verstauen. Im Laderaum war die Luft so warm und stickig, dass Yun sich kurzerhand entschloss, sein T-Shirt auszuziehen, um nicht schon vor dem Ausliefern des ersten Paketes völlig durchgeschwitzt zu sein.

Als er den zweiten großen Karton bis ganz nach hinten an die Rückenlehne des Beifahrersitzes schob, erinnerte er sich wieder an das geheimnisvolle Päckchen, das Udo an Yuns erstem Arbeitstag vor ihm versteckt hatte. Wenn er herausfinden wollte, ob Udo wirklich ein Mörder war, würde ihm der Adressat auf dem Päckchen vielleicht weiterhelfen können. Aber wollte er das denn überhaupt? Eigentlich hatte er sich fest vorgenommen, die Sache so schnell wie möglich wieder zu vergessen, aber wie sollte er das schaffen, wenn er Udo täglich um sich hatte? Udos laute Stimme riss Yun aus seinen Gedanken.

„Ich hol mir kurz einen Kaffee, willst du auch einen?"

„Nein, danke", erwiderte Yun. In der Lagerhalle gab es

eine kleine separate Küche, in der auch eine einfache Kaffeemaschine stand.

Als Udos immer leiser werdende Schritte schließlich ganz verstummten, setzte Yun sich auf die Knie und angelte mit gezieltem Griff das kleine Päckchen unter dem Sitzgestell hervor. Es sah zwar schon etwas ramponiert aus, aber so beschädigt, dass Yun sehen konnte, was es beinhaltete, war es noch nicht.

Schnell zog er sein Handy aus der Gesäßtasche seiner Jeans und rief die Kamerafunktion auf. Da hörte er auch schon wieder Udos Schritte, die zügig näher kamen. Mit zittriger Hand hielt er die Handykamera auf das aufgeklebte Adress-Etikett und drückte mehrfach auf den Auslöser, danach drehte er es und fotografierte noch die Blutspritzer.

In dem Moment, als er das Päckchen wieder zurück unter den Sitz schieben wollte, erklang von hinten auch schon Udos fragende Stimme.

„Was hast du denn da?"

„Äh", Yuns Puls begann zu rasen und seine Hände wurden schwitzig, aber er ließ sich seine Aufregung nicht anmerken. Ganz ruhig und völlig ahnungslos tuend drehte er sich zu Udo um und hielt ihm das Päckchen hin.

„Hier, das habe ich eben gefunden, ist wohl gestern während der Fahrt unter den Sitz gerutscht."

Sofort riss Udo ihm den kleinen Karton aus der Hand.

„Gib mir das."

Er warf einen viel zu kurzen Blick auf die Adresse.

„Das liegt ganz in meiner Nähe, ich erledige das auf dem Heimweg."

Er nahm das Päckchen an sich und verstaute es schnell und ohne ein weiteres Wort in seinem zerschlissenen Stoffbeutel, der zwischen den Sitzen in der Mittelkonsole lag. Es war nicht zu übersehen, dass ihn das Päckchen kurz aus der Fassung gebracht hatte.

Den ganzen Tag über sprachen sie nur sehr wenig miteinander, was wahrscheinlich auch an der unerträglichen Hitze lag, die sich im Transporter aufgestaut hatte. Nicht mal nach einer Zigarette war Udo zumute, worüber Yun sehr dankbar war, auch wenn der Zigarettenrauch wahrscheinlich kurzzeitig den Schweißgeruch überdeckt hätte, den Udo absonderte.

Die Zeit zog sich hin wie Kaugummi und allein der Gedanke an das abendliche Treffen mit Luka gab Yun die nötige Energie, bis zum Feierabend durchzuhalten.

15

Unter der kalten Dusche wusch Yun sich den getrockneten Schweiß und den Staub der vorangegangenen Stunden von der Haut. Langsam kehrten seine Lebensgeister zurück, und als er fertig geduscht hatte, fühlte er sich wie neu geboren.

Aus einem der Umzugskartons wühlte er ein schwarzes T-Shirt und eine knielange Jeans hervor und zog sich an. Im Vorbeigehen schob er sich noch ein Stück trockenes Brot in den Mund und griff sich eine eiskalte Dose Cola aus dem Kühlschrank, bevor er gut gelaunt gegen halb sieben das Haus verließ.

Auf dem kurzen Weg zu Luka nahm er sich für das Wochenende vor, endlich seine Sachen in die Schränke einzuräumen und mal gründlich sauber zu machen, denn so wie es momentan bei ihm aussah, würde er lieber niemanden in die Wohnung lassen.

„Hallo, komm rein", sagte Luka gut gelaunt, als sie Yun die Tür öffnete. „Ich muss nur noch schnell etwas für die Schule hochladen, dann können wir los."

Yun folgte ihr durch die Küche und das Wohnzimmer, die Treppe in den oberen Stock hinauf, wo ihre Mutter gerade am Arbeitsplatz saß. Leise öffnete Luka die nur angelehnte Tür.

„Das ist meine Mama", stellte sie Kristin vor.

Die beiden begrüßten sich und Kristin warf Yun einen

netten Blick zu. „Na, und du bist der junge Mann, der dort drüben in die Wohnung gezogen ist?" Sie sah aus dem großen Fenster und nickte mit dem Kopf Richtung Hofgelände.

„Ja genau", erwiderte Yun. Er war überrascht über den weiten Ausblick, den man von hier oben hatte. Man konnte fast das ganze Grundstück überblicken und hatte auch eine sehr gute Sicht auf das Stallgebäude, in dem Yun sich an jenem Tag versteckt hatte.

„Meine Mama beobachtet den Hof und sieht nachts verkleidete Männer, die dort herumschleichen", scherzte Luka und grinste.

„Ach Luka", Kristin schüttelte nur mit dem Kopf. Aber Yun wurde hellhörig.

„Was meint sie damit?", fragte er interessiert nach.

„Sag gerne *du*", erwiderte Kristin und war froh, dass sie in diesem Punkt endlich mal jemand ernst nahm.

„Ach, ich habe vor Kurzem durch Zufall einen Mann gesehen. Er kam nachts und parkte genau dort vor dem Stall." Sie deutete mit dem Finger aus dem Fenster.

„Das Merkwürdige daran war, mal abgesehen davon, dass es mitten in der Nacht war, dass er einen gelben Gummianzug trug und er hatte etwas über sein Gesicht gezogen, ich konnte es von hier aus nur schwer erkennen, und dann hatte er noch so etwas wie eine großen Haken oder eine Forke dabei."

Yun runzelte nachdenklich die Stirn.

„Wann war denn das?"

Kristin musste kurz überlegen.

„Vor ein paar Tagen erst, in der Nacht, in der es so stark geregnet hat. Als mich der Typ dann am Fenster gesehen hat, ist er direkt wieder in seinen alten Transporter gestiegen und weggefahren. Das ist doch komisch, oder?"

Yun stimmte ihr zu. „Ja, das hört sich ziemlich strange an", erwiderte er mit ernster Miene. „Wie sah der Transporter aus? War er blau?"

„Die Autofarbe konnte ich im Dunkeln nicht richtig erkennen, aber es kann gut sein, dass es blau war. Am Tag davor habe ich nämlich auch einen blauen Transporter dort vor dem Stallgebäude stehen sehen. Auf jeden fall war es ein älteres Modell und einer der vorderen Scheinwerfer war kaputt."

Yun schluckte, er war also nicht der Einzige, der Udo am besagten Tag gesehen hatte.

„Das war am Mittwoch, oder? Hast du gesehen, was der Mann dann gemacht hat?"

„Ja, genau, letzten Mittwoch. Nein, mehr habe ich nicht gesehen, mir ging es an dem Tag nicht so gut und ich habe mich dann hingelegt."

„Ach Mama", fiel ihr nun Luka ins Wort, „für die Sache gibt es bestimmt eine ganz harmlose Erklärung. Tierärzte haben doch auch manchmal so Plastikanzüge an, damit sie sich im Stall nicht dreckig machen", erklärte sie.

„Ja, genau und sie tragen dann Masken, um den Gül-
legestank besser zu ertragen!", antwortete Kristin in
ironischem Tonfall. „Also Luka, wenn das ein Tierarzt
gewesen wäre, dann wäre der doch nicht unverrichte-
ter Dinge wieder abgehauen, nur weil ich ihn gesehen
habe, oder?"

„Okay, okay, dann eben kein Tierarzt", erwiderte sie.
„Wir werden es wohl nie erfahren und deshalb gehen
wir nun auch und lassen dich in Ruhe weiterarbeiten."
Mit diesen Worten verließen die beiden das Schlafzimmer.

„Es war nett, sie kennenzulernen", sagte Yun noch höflich, bevor er leise die Tür hinter sich schloss.

Lukas Zimmer war nicht groß, dafür aber richtig ge-
mütlich. Am großen, bodentiefen Fenster stand ein
kleiner Schreibtisch und auf der rechten Seite, direkt
an der Wand war ein weißes Hochbett aufgestellt, das
wegen seiner Höhe so viel Raum bot, dass darunter
noch eine kleine Sitzecke mit einem Zweisitzer Sofa
und einem runden Glastisch Platz fand. Von dort aus
konnte man bequem auf den Flachbildschirm schau-
en, der neben dem Fenster an der Wand montiert war.
An der gegenüberliegenden Seite befand sich eine
weiße Kommode, auf der Kerzen, Parfüm und einige
Fotorahmen aufgestellt waren. Mehrere Lichterketten
zierten die Wände und tauchten das Zimmer in ein
warmes Gelb. Außerdem entdeckte Yun ein paar ange-

pinnte coole Bleistiftzeichnungen. Offensichtlich hatte Luka ein künstlerisches Talent. Er ging näher an die Bilder heran, um sie genauer zu betrachten. Luka setzte sich währenddessen an ihren Schreibtisch.

„Mach's dir bequem, es dauert nicht lang", sagte sie und klappte dabei ihr Tablet auf.

„Keine Eile, ich hab Zeit", antwortete Yun.

Während Luka an ihrer Schularbeit saß, setzte Yun sich auf das kleine Sofa und dachte nochmal über Kristins nächtliche Beobachtung nach. In genau dieser Nacht hatte sich die Person, die vermutlich Udo gewesen war, auch ihm einen Besuch abgestattet. Dann war er nicht nur wegen ihm gekommen, sondern hatte noch irgendetwas anderes vorgehabt, bei dem ihn Lukas Mutter gestört hatte. Aber was? Und warum die Schutzkleidung und die Gasmaske?

Bisher hatte er sich noch niemandem anvertraut, doch das Bedürfnis, über seine Beobachtungen zu sprechen, wurde immer größer. Aber er hatte auch Zweifel, denn jemandem davon zu erzählen würde gleichzeitig auch bedeuten, dass er nicht mehr allein entscheiden könnte, ob er etwas unternehmen oder die Sache doch lieber vergessen wollte.

„Es schien dich eben ja sehr interessiert zu haben, was meine Mutter da drüben gesehen hat, warum eigentlich?", fragte Luka plötzlich aus heiterem Himmel und traf Yun damit völlig unvorbereitet.

Er räusperte sich. „Ach, das ist eine längere Geschichte", begann er. Es wäre leicht gewesen, eine glaubwürdige Ausrede zu erfinden, aber Luka hatte ihn genau im richtigen Moment erwischt, oder im falschen, je nachdem, wie man es sehen wollte. Ohne zu zögern ergriff er die Gelegenheit, sich ihr anzuvertrauen. Die Zweifel, die er gerade noch hatte, verdrängte er.

Luka spürte Yuns Anspannung und die Ernsthaftigkeit, die er ausstrahlte. Sie schloss ihr Tablet und stand auf.

„Na dann erzähl doch mal", erwiderte sie gelassen und setzte sich neben ihn.

16

So gebannt, als würde sie einem spannenden Krimi lauschen, saß Luka im Schneidersitz neben Yun auf dem Sofa und hörte sich die ganze Geschichte an. Als er an die Stelle kam, an der das Blut aus dem Sack tropfte, wurden ihre Augen größer und sie hielt kurz den Atem an.

Yun konnte ihr ansehen, dass sie sich gut vorstellen konnte, wie es ihm in diesem Moment ergangen war. Er spürte, wie ihm eine Last von den Schultern fiel und es tat gut, mit Luka darüber zu reden.

Davon, dass Udo nachts bei ihm eingebrochen war, erzählte er ihr aber lieber nicht.

Als er fertig war, brauchte sie eine kurze Zeit, um über alles nachzudenken, bevor sie begann, ihn mit Fragen zu überhäufen.

„Hat Udo dich erkannt?"

„Nein, ich denke nicht. Er hat mich ja zum Glück nur von hinten mit Kapuze gesehen und ich habe ihm auch nicht meine richtige Adresse genannt", antwortete Yun.

„Also, das ist echt eine ziemlich unheimliche Geschichte. Und jetzt sitzt du jeden Tag neben einem Typ, der vielleicht ein Mörder ist und tust so, als wüsstest du von nichts? Hast du denn keine Angst vor ihm?"

Yun zuckte mit den Schultern. „Manchmal, aber ehrlich gesagt mag ich ihn sogar."

Luka seufzte.

„Aber warum hast du denn nicht sofort die Polizei gerufen?" Sie klang ein wenig vorwurfsvoll, doch Yun blieb ganz ruhig.

„Vielleicht, weil ich keine Beweise habe. Ich habe mir nicht mal das Nummernschild des Transporters gemerkt. Außerdem weiß ich bis heute noch nicht, was wirklich in dem Sack war. Es könnte genauso gut ein totes Schwein oder ein Schaf gewesen sein. Ich wollte erstmal etwas Handfestes vorweisen können, bevor ich jemanden beschuldige, eine Leiche beseitigt zu haben."

Nun nickte Luka verständnisvoll.

„Ja, stimmt, das klingt einleuchtend. Es ist ja auch eine ziemlich schwere Anschuldigung, da solltest du dir wiklich hundertprozentig sicher sein. Was willst du jetzt machen?", fragend sah sie ihn an.

„Ich kann nichts machen. Ich habe den Hof und die Stallungen schon nach dem Sack abgesucht, aber Fehlanzeige."

„Hat dieser Udo denn während der Arbeit mal irgendetwas Verdächtiges gesagt oder getan, was auf ein Verbrechen hinweisen könnte?"

Yun überlegte. „Nein, eigentlich nicht", er hielt kurz inne, bevor er weiter sprach. „Naja, da war dieses Päckchen …", sagte er dann zögerlich. „Udo hatte es unter dem Beifahrersitz vor mir versteckt. Als ich ihn dann heute mal darauf ansprach, reagierte er sehr empfindlich und hat es schnell an sich genommen. Ich denke, es könnte irgendetwas mit dem Ganzen zu tun haben."

Luka stand kurz auf, öffnete die Schublade ihres Schreibtisches und holte eine kleine Tüte Studentenfutter heraus, bevor sie sich wieder zu ihm auf das Sofa gesellte.

„Möchtest du?", sie riss die kleine Tüte auf und kippte sich etwas von der Rosinen-Nuss-Mischung in die Hand.

„Nein, danke", erwiderte er.

„Hast du dir das Päckchen mal genauer angesehen?"

Yun zog sein Handy aus der Hosentasche, öffnete darauf die Fotos, die er gemacht hatte, und hielt es Luka hin.

„Hier, ich habe es fotografiert, dabei sind mir ein paar Blutspritzer darauf aufgefallen."

Luka sah genauer hin. „Oh Gott, vielleicht ist das Päckchen die Tatwaffe?", flüsterte sie erschrocken.

Yun lachte kurz auf. „Oh man, du hast vielleicht eine Fantasie. Nein, das auf keinen Fall, dafür war es zu leicht, damit hättest du nicht mal eine Maus erschlagen können."

Jetzt musste auch Luka lachen.

„Hast du es auch geöffnet?"

„Nein, dafür reichte die Zeit nicht aus."

„Und was, wenn du Udo mal direkt auf die Sache ansprichst?", fragte Luka.

Yun zog verwundert über die Frage seine Augenbrauen

nach oben. „Klar könnte ich das machen, aber wenn er wirklich jemanden umgebracht hat, was sollte ihn dann daran hindern, es nochmal zu tun?

Außerdem kann ich ihn überhaupt nicht einschätzen. Ich denke, das wäre keine so gute Idee."

Luka griff erneut beherzt in die Nusstüte.

„Stimmt, am besten du vergisst das alles so schnell wie möglich und vor Udo tust du einfach weiterhin so, als hättest du keine Ahnung!", sagte sie voller Überzeugung, während sie sich noch ein paar Nüsse und Rosinen in den Mund steckte.

Yun nickte, dann grinste er.

Luka schubste ihn kurz an der Schulter an.

„Hey, du solltest die Sache ernst nehmen. Vielleicht geht es hier um Mord!"

„Machst du dir etwa Sorgen um mich?", fragte Yun, immer noch grinsend.

Sie zuckte verlegen mit den Schultern. „Vielleicht ..."

„Keine Angst, ich werde nichts unternehmen und jetzt lass uns gehen", antwortete er.

Doch das war gelogen – eine Notlüge, um sie zu beschützen, denn gerade war ihm klar geworden, dass er der Sache auf den Grund gehen musste, sonst würde er niemals Ruhe finden. Aber Luka wollte er da auf keinen Fall mit hineinziehen, deshalb sagte er einfach das, was sie hören wollte.

Woher dieser unbändiger Drang in ihm kam, die Wahrheit herauszufinden, wusste er selbst nicht. Vielleicht war es ein Urinstinkt, ein angeborener Trieb nach Ehrlichkeit, den jeder Mensch in sich trug. Immer wollte man die Wahrheit hören, sogar dann, wenn man eigentlich schon wusste, dass es einem mit der Lüge besser ging.

Was auch immer der Grund war, der Wunsch, die Wahrheit zu erfahren war stärker, als die Angst vor Udo und Yun hatte sich entschieden, dem nachzugeben.

Den restlichen Abend machten die beiden einen Spaziergang und Luka führte Yun an ihren Lieblingsplatz, einen kleinen Badesee inmitten eines nahegelegenen Waldes, ungefähr eine Viertelstunde Fußmarsch entfernt.

„Hier komme ich gern hin, wenn ich mal etwas Zeit für mich brauche", sagte sie und setzte sich auf einen dicken Baumstamm, der im dunklen Sand am Seeufer lag.

„Das ist wirklich sehr idyllisch hier", sagte Yun und setzte sich dicht neben Luka, so dass ihre Arme sich berührten. Dem tiefen, angenehmen *Huuh* eines Uhus lauschend saßen sie einen Moment lang schweigend nur da und genossen die beruhigende Atmosphäre des Waldes, bis Yun behutsam den Arm um sie legte und er spürte, wie sie vorsichtig ihren Kopf an seine Schulter lehnte.

Sie blieben noch fast eine Stunde dort am See sitzen und unterhielten sich. Yun erzählte ihr von seiner Zeit in Koblenz, von seinen Eltern und den Problemen, die ihn schließlich von dort fortgetrieben hatten. Sie hörte ihm aufmerksam zu und er hatte das Gefühl, in ihr endlich jemanden gefunden zu haben, der ihn verstand und ihn Ernst nahm. Die Sorgen, die Yun die letzten Tage plagten, rückten für einige Stunden in weite Ferne.

17
DONNERSTAG

„Junge, heute darfst du mal deine Fahrkünste unter Beweis stellen, ich will auch mal faul auf dem Beifahrersitz hocken und ganz in Ruhe meinen Kaffee schlürfen!"
Das war der erste ganze Satz, den Udo am Donnerstag Morgen zu Yun sagte, nachdem sie den Transporter für den Tag fertig gepackt hatten.
„Okay, kein Problem", antwortete Yun. Das war doch mal eine willkommene Abwechslung, dachte er und hoffte, dass er sich nicht blamieren würde. Schon lange hatte er nicht mehr hinter dem Steuer eines Fahrzeugs gesessen. Zu Hause durfte er damals seine ersten Fahrübungen nach dem bestandenen Führerschein in einem Opel Corsa machen, dem Alltagswagen seiner Mutter, mit Automatikgetriebe und Klimaanlage. Danach war er nie wieder gefahren. Umso größer war jetzt die Herausforderung, mit dem alten Pakettransporter und dem Schaltgetriebe klarzukommen.
Aber Yun war optimistisch und hatte gute Laune, was wahrscheinlich auch an dem gestrigen Abend mit Luka lag, der so vielversprechend geendet war. Er hätte sie küssen können, in diesem einen Moment, in dem er spürte, dass sie ihm völlig ausgeliefert war. Aber er wollte nichts überstürzen und es lieber langsam angehen lassen, denn mit ihr konnte er sich nach einigen

oberflächlichen Flirts in den letzten Monaten etwas Tiefergehendes vorstellen.

„So, dann fahr mal los, wir haben nicht ewig Zeit."

Udos Stimme holte Yun aus seinen Träumereien zurück in die Wirklichkeit.

„Alles klar", erwiderte er und steckte den Schlüssel ins Zündschloss.

Es fühlte sich ein bisschen wie seine erste Fahrstunde an, nur dass Udo nicht so ein geduldiger Beifahrer war, wie sein damaliger Fahrlehrer. Gleich beim ersten Anfahren ließ Yun die Kupplung zu schnell los. Abgesoffen. Der Transporter machte einen Satz nach vorn und ein Schuß heißen Kaffees schwappte aus Udos Tasse auf seine Hose.

„Hey, hast du deinen Lappen auf dem Jahrmarkt gewonnen? Das fängt ja gut an." Genervt wischte Udo mit der Hand über den braunen Kaffeefleck. Yuns Hände wurden schwitzig.

„Gleich nochmal, und diesmal mit mehr Gefühl!"

Erneut trat Yun das Kupplungspedal nach unten und drehte den Schlüssel um. Ganz vorsichtig ließ er die Kupplung kommen und der Transporter rollte langsam an. Beim Einlegen des zweiten Ganges ruckelte es noch ein paar Mal, aber dann entwickelte Yun mehr und mehr ein Gefühl für das Fahrzeug und nach den ersten ausgelieferten Paketen hatte er den Transporter schon ganz gut im Griff.

Udo war sehr schweigsam, entweder sah er aus dem Fenster, oder er döste zwischen den Auslieferungen, den Kopf nach hinten an die Kopfstütze gelehnt. Ab und zu zündete er sich mal eine Zigarette an, die er aber meist nur halb aufgeraucht wieder im Aschenbecher ausdrückte. Es war einfach zu heiß, sogar zum Rauchen und mittlerweile konnte nicht mal mehr der Fahrtwind ihnen Abkühlung verschaffen.

Am späten Nachmittag begegneten ihnen auf der Straße immer wieder große Traktoren mit angehängten Güllewagen, die jetzt, wo es bald regnen sollte, ihre Gülle auf den Feldern ausbrachten. Auf den Landstraßen musste Yun sehr weit auf den Grünstreifen fahren oder manchmal, auf schmalen Wegen, sogar anhalten, um die breiten Fahrzeuge vorbei zu lassen.

Udo zuckte jedes Mal zusammen, wenn wieder einer der großen Güllewagen an ihnen vorbei donnerte. Er wirkte irgendwie angespannt, so als würde ihn etwas beunruhigen.

„Bist gut gefahren, Junge", lobte er Yun und schlug ihm zweimal kräftig auf die Schulter, nachdem sie das letzte Paket ausgeliefert hatten.

„Was hältst du von einem kühlen Feierabendbierchen bei mir zu Hause? Ich lade dich ein!"

Yun fühlte sich ein wenig überrumpelt. Er hatte sich eigentlich vorgenommen, nach Feierabend den Adressaten des Päckchens aufzusuchen.

„Heute hab ich eigentlich schon was vor", erwiderte er, „aber das können wir gerne ein anderes Mal machen."
Doch so leicht ließ Udo sich nicht abwimmeln.
„Schau mal auf die Uhr, Junge, wir sind heute viel früher fertig als sonst, da wirst du doch wohl noch ein paar Minuten Zeit für einen Arbeitskollegen übrig haben!"
Yun presste ein gequältes Lächeln hervor. Tatsächlich war es erst kurz nach fünf.
„Na gut", antwortete er.
Nachdem die beiden wieder die Plätze getauscht hatten, fuhren sie noch ungefähr zwanzig Minuten, dann bog Udo in eine enge Sackgasse ein, an deren Ende ein kleines Einfamilienhaus im Stil der Achtziger Jahre stand.
Yun hatte nicht die leiseste Ahnung, wo er hier genau war. Auf der Fahrt hatte er kein Ortsschild bemerkt oder es schlichtweg übersehen, doch ein unauffälliger Blick auf sein Handy konnte ihm auch nicht weiterhelfen.
„Kein Netz, auch das noch", dachte er.
Die schmale Auffahrt und der Platz vor dem Haus waren mit alten Gehwegplatten gepflastert. Einige von ihnen hatten die dicken Baumwurzeln der neben der Einfahrt stehenden Birken mit der Zeit zerbrochen und nach oben gedrückt, so dass der Weg uneben war und der Transporter auf dem letzten Stück bis zum Haus nochmal ordentlich hin und her geschüttelt wurde.
„Na komm schon, steig aus! Und bring meine Zigaretten mit, sie liegen im Handschuhfach!", rief Udo Yun

zu, der immer noch im Wagen saß, auch als der schon die Haustür erreicht hatte.

„Ach, was soll's", flüsterte Yun zu sich selbst, „er wird mich ja nicht gleich umbringen."

Dann stieg er aus und öffnete von außen das Handschuhfach. Während er zwischen alten Papieren, einer Sonnenbrille und schmutzigen Lederhandschuhen nach Udos Zigarettenschachtel kramte, fielen ein paar lose Zettel herunter in den Fußraum. Schnell hob er sie auf und warf dabei einen flüchtigen Blick darauf.

Schon im nächsten Augenblick wurde ihm heiß und kalt. „Oh, nein!", dachte er, er hielt genau die Unterlagen in den Händen, die er selbst bei der Arbeitsvermittlerin ausgefüllt hatte. Natürlich hatte er hier auch seine richtige Adresse angegeben. Udo wusste also schon die ganze Zeit, dass er es war, der ihn an jenem Tag beobachtet hatte.

„Hatte Udo ihn heute zu sich eingeladen, um ihn in Ruhe verschwinden zu lassen?"

Krampfhaft überlegte Yun, was er jetzt tun sollte, doch noch bevor er sich darüber im Klaren werden konnte, holte Udos markante Stimme ihn zurück in die Realität. „Wo bleibst du denn?"

„Udo hatte schon genug Gelegenheiten gehabt, ihn aus dem Weg zu räumen, warum sollte er es gerade jetzt tun?", versuchte Yun sich zu beruhigen.

Schnell warf er die Zettel zurück ins Handschuhfach,

griff nach Udos Zigaretten und schlug die Transporter-tür hinter sich zu.

Dann folgte er Udo durch die offenstehende Haustür, wie ein Schaf, dass man auf die Schlachtbank führte.

Im Inneren war es dunkel, aber angenehm kühl. Das Haus war zwar schon ein wenig in die Jahre gekommen, aber trotzdem wirkte alles sauber und ordentlich. Die meisten Möbel und auch die Tapeten schienen wirklich noch aus den Achtzigern zu sein, aber Yun fand, dass eine moderne Einrichtung auch gar nicht zu Udo gepasst hätte.

Während er durch den langen Flur in die Küche ging, suchte er die Wände nach Familienfotos ab, aber außer einem einzigen Bild, dass etwas versteckt hinter einer künstlichen Topfpflanze auf einer kleinen Kommode stand, schien es keine zu geben, keine Hinweise auf eine Familie.

Auf dem leicht verblassten Foto waren vier Jugendliche zu sehen, ob einer davon vielleicht Udo war, konnte er im Vorbeigehen nicht erkennen.

Yun fiel auf, dass Udo ihm bis jetzt kaum etwas Privates über sich erzählt hatte, er wusste quasi gar nichts über ihn.

Udo holte zwei kalte Bierflaschen aus dem kleinen Kühlschrank neben der Spüle und setzte sich an den weißen Küchentisch aus Holz, der an die Wand gerückt unter dem Fenster stand.

„Setz dich!" Er schob ihm die Bierflasche zu.

Yun zögerte nicht lange und öffnete den Verschluß mit einem lauten Plopp. Der erste Schluck eiskalten Bieres schmerzte ihm kurz in der Kehle und er hustete, um sich nicht daran zu verschlucken. Der zweite und dritte Schluck liefen dann schon besser.

Für einige Sekunden war es ganz ruhig und nur das gleichmäßige Ticken der Wanduhr war zu hören, bis Yun das Wort ergriff. „Ist das dein Haus?"

„Mein Elternhaus, ich bin hier aufgewachsen, lebe schon mein ganzes Leben am gleichen Fleck. Aber hier hab ich meine Ruhe, keine direkten Nachbarn, die einem auf die nerven gehen, das gefällt mir."

„Und wohnst du ganz allein hier?"

„Ja. Und das ist auch gut so", antwortete Udo und holte seine Zigarettenschachtel aus der Hosentasche.

„Ich will niemanden, der mir Vorschriften macht und meine Wäsche kann ich auch alleine waschen, dafür brauche ich keine Frau."

Er zündete sich eine Zigarette an und öffnete das Küchenfenster, um schon im nächsten Moment einen Schwall blau-grauen Qualms nach draußen zu pusten.

Yun nickte, „das glaub ich dir aufs Wort", erwiderte er und lächelte. „Und Kinder?"

Udo sah aus dem Fenster und nahm dabei noch einen tiefen Zug. Sein Blick hatte auf einmal etwas Trauriges an sich, bemerkte Yun.

„Hat sich nie ergeben."

Nach kurzer Stille wechselte er abrupt das Thema.

„Sag mal, gehst du gerne angeln? Bevor ich Paketdienstfahrer wurde, habe ich ein paar Jahre als Krabbenfischer gearbeitet, war 'ne schöne Zeit, aber auch harte Arbeit, dagegen ist das Ausliefern von Paketen das reinste Zuckerschlecken", er lächelte kurz. „Trotzdem fahre ich noch gerne raus aufs Meer.

Vor einigen Jahren habe ich mir ein kleines, ausgedientes Fischerboot zugelegt. Ein Kumpel von früher hat es mir günstig überlassen. Es liegt in einem kleinen Sportboothafen in den Reußenkögen, genauer gesagt am Sönke-Nissen Koog Siel. Das ist ganz in deiner Nähe. Wenn du willst, nehm ich dich mal mit, auf dem offenen Meer kann man wunderbar abschalten und den Alltag mal für eine Weile hinter sich lassen."

„Ja, warum nicht, hört sich gut an", Yun nickte und nahm noch einen großen Schluck aus seiner Bierflasche.

Was tat er hier eigentlich? Er hatte sich doch vorgenommen, nach der Arbeit zu Volker Ebsen, dem Adressat des Päckchens zu fahren. Stattdessen war er gerade dabei, sich mit dem Menschen anzufreunden, den er wegen Mordes überführen wollte. Naja, eigentlich hatte er wohl eher das Gegenteil vor, nämlich sich selbst beweisen, dass er sich geirrt hatte, dass sich alles als ein harmloses Missverständnis herausstellen würde und

Udo kein Mörder war. Denn trotz seiner manchmal ungehobelten und aufbrausenden Art empfand Yun doch Sympathie für ihn. Udo als Mörder zu entlarven war im Grunde das Letzte, was er wollte.

„Was ist mit dir? Hast du eine Freundin?", ein zweideutiges Grinsen legte sich auf Udos Gesicht.

Jetzt musste auch Yun lächeln. „Nein, noch nicht, aber ich bin ja auch noch neu hier in der Gegend", antwortete er und senkte dabei etwas verlegen den Blick. Gern hätte er ihm von Luka erzählt, wie sehr sie ihm gefiel, aber er blieb lieber vorsichtig. Udo sollte nicht zu viel über ihn wissen.

„Ach Junge, das kommt sicher schneller, als du denkst. So ein hübscher Kerl wie du hat es bei den Mädels doch sicher leicht, aber lass dir besser Zeit, du bist noch so jung!"

Nochmal blickte er nachdenklich aus dem Fenster. Dann drückte er seine Zigarette im Aschenbecher aus und wendete sich wieder Yun zu. „Eine Sache musst du mir jetzt noch erklären", sagte er, dabei lehnte er sich nach vorn auf seine beiden auf der Tischplatte abgelegten Unterarme und blickte Yun mit eindringlichen Blick direkt in die Augen.

Eingeschüchtert von der plötzlichen Ernsthaftigkeit, die in Udos Stimme und seinem Gesichtsausdruck lag, erwartete Yun voller Anspannung, was jetzt kommen würde.

„Warum hast du mich belogen und mir nicht deine richtige Adresse genannt?"

Yun spürte, wie eine Hitzewelle schlagartig seinen Körper überschwemmte. Mit seinen in Sekundenschnelle schweißnass gewordenen Händen umklammerte er die Bierflasche vor sich wie eine rettende Boje und suchte dabei nach einer Lüge, die glaubwürdig genug war, um sie Udo zu präsentieren. Würde einer von ihnen beiden anfangen, über die Wahrheit zu sprechen, würde der ganze Schein zerbröckeln und Yun konnte nicht abschätzen, wie weit Udo gehen würde, um sein Geheimnis zu wahren.

Offensichtlich wollte Udo spielen, also spielte er mit.

„Wenn ich Leute noch nicht richtig kenne, bin ich anfangs lieber etwas vorsichtig, man kann ja nie wissen, mit wem man es zu tun hat", antwortete Yun so locker klingend wie möglich.

Udo schwieg, wendete seinen Blick aber nicht von Yun ab, was ihn zunehmend nervöser machte. Mit leicht zusammengekniffenen Augen schien er seinen Gesichtsausdruck zu studieren, so als versuche er darin etwas abzulesen.

„Glaubst du mir nicht?", fragte Yun offensiv, um seine Unsicherheit zu überspielen.

Yun erwartete, dass Udo ihn gleich mit den Ereignissen an jenem Abend konfrontieren würde. Kurz spielte er sogar mit dem Gedanken, einfach aufzuspringen und wegzurennen. Doch nichts dergleichen passierte, stattdessen löste sich Udo aus seiner Starre und lächelte.

„Hast du denn wirklich geglaubt, dass ich nicht weiß, wo du wohnst? Ich bin seit vielen Jahren Paketfahrer, ich kenne die Gegend wie meine Westentasche und weiß genau, wer wo zu Hause ist", antwortete er, dabei lehnte er sich langsam wieder zurück gegen die Stuhllehne.

„Du wohnst also auf dem alten, verlassenen Hof?", interessiert faltete er die Arme vor der Brust zusammen. „Was ist so schlimm daran, dass du es vor mir geheim halten musst?"

„Gar nichts, das hab ich dir doch schon erklärt", erwiderte Yun so gelassen wie möglich. „Ich komme aus einer Großstadt und da habe ich schon so einige schlechte Erfahrungen gemacht, seitdem bin ich vorsichtig, was das Herausgeben von privaten Infos angeht."

„Naja, wie auch immer", sagte er, „Morgen hole ich dich dann bei deiner wirklichen Adresse ab. Hier bist du nicht in der Großstadt und vor mir hast du doch wohl keine Angst, oder? Und jetzt fahr ich dich nach Hause." Mit diesen Worten stand Udo auf.

Yun fiel ein Stein vom Herzen, kurz dachte er, sein letztes Stündlein hätte geschlagen.

Auf dem Weg zurück zur Haustür entdeckte er auf dem Boden neben der kleinen Anrichte im Flur die ausgefranste Jutetasche, aus der eine Ecke des kleinen Päckchens herausschaute. Udo hatte es also immer noch nicht zugestellt.

Er wusste zwar noch nicht wie, aber morgen Abend nach seinem Feierabend würde er selbst dem Adressaten einen Besuch abstatten. Sein Gefühl sagte ihm, dass dort der Schlüssel zur Aufklärung seiner Beobachtungen liegen könnte und nach diesem Gespräch war er mehr als entschlossen, die ganze Wahrheit herauszufinden, denn die Lage spitzte sich zu und ihm blieb vielleicht nicht mehr viel Zeit.

18

Nachdem er Yun zu Hause abgesetzt hatte und außer Sichtweite war, hielt Udo mit noch laufendem Motor am Straßenrand an.

Hektisch suchte er im Seitenfach der Transportertür nach seinen Zigaretten. Als er sie schließlich fand und bemerkte, dass die Schachtel leer war, zerknüllte er sie wütend in seiner Hand und schmetterte den Müll nach hinten in den leeren Laderaum.

Er seufzte. Hatte der Junge alles gesehen? Hatte er ihn überhaupt wiedererkannt? Oder war er nur so eingeschüchtert, dass er sich nicht traute, irgendetwas zu sagen. Scheisse, er war sich nicht sicher.

Warum mussten sich die Dinge überhaupt so entwickeln? Gerade jetzt, wo alles in geordneten Bahnen lief. Warum konnte die Vergangenheit nicht einfach mal die Klappe halten, warum musste sie ihn verfolgen ohne Erbarmen und – gottverdammt – warum war sie immer schneller als er selbst?

Nervös fuhr er sich durch die blonden Haare, lehnte sich an die Kopfstütze und lenkte seinen Blick starr nach oben an den vom Nikotin und Fliegenkot verschmutzten Transporterhimmel.

Er musste jetzt unbedingt einen kühlen Kopf bewahren. Er musste so schnell wie möglich die Leiche vom Hof wegschaffen, denn das Versteck dort war nicht mehr sicher. Bei seinem ersten Versuch wurde er von der Nachbarin beobachtet – hatte die blöde Kuh denn nichts Besseres zu tun, als mitten in der Nacht aus dem Fenster zu starren?

Er würde es nochmal versuchen müssen und dieses Mal musste es klappen. Und danach würde er sich noch um den Jungen kümmern.

Udo rubbelte sich nochmal mit beiden Händen durch das Gesicht, so als wollte er sich seine Sorgen einfach von der Haut wischen. Dann setzte er den Blinker und fädelte sich wieder in den Feierabendverkehr ein.

19
FREITAG

Es war kurz nach sechs, als Yun am nächsten Tag nach getaner Arbeit wieder nach Hause kam.

Tatsächlich hatte Udo kein einziges Wort mehr über ihre Unterhaltung am Vortag verloren, was Yun eigentlich auch ganz recht war. Trotzdem fiel es ihm schwer, während der Arbeit entspannt zu sein, denn die Ungewissheit darüber, was Udo als Nächstes tun würde, machte ihn zunehmend nervös.

Er hielt an seinem Plan fest. Nach einer schnellen Dusche und einem kurzen Griff in den Kühlschrank setzte er sich mit einem kalten Wiener Würstchen auf sein Sofa und öffnete das Foto des Päckchens auf seinem Smartphone.

„Ruckelsbüller Weg 5, Rodenase" las er laut vor, um es sich besser merken zu können, obwohl er da bei dem Ortsnamen weniger Probleme hatte, weil ihm sofort ein Clown mit roter Nase in den Sinn kam. Er tippte die Adresse bei Google Maps ein.

Das kleine Dorf Rodenase lag ziemlich weit nördlich kurz vor der dänischen Grenze, mit dem Auto ungefähr eine Dreiviertelstunde entfernt. Da Yun ja nunmal kein Auto besaß, hatte er die Idee, sich kurzerhand Nils' Roller auszuleihen, denn der stand immer noch bei ihm auf dem Hof in dem kleinen Schuppen gleich gegenüber dem Wohnhaus. Allerdings mit Plattfuß, aber das sollte kein Hindernis sein. Einen Reifen zu reparieren, war für Yun keine große Sache, vorausgesetzt natürlich, er hatte das nötige Werkzeug.

In der großen Maschinenhalle gab es eine kleine Werkstatt, in der allerlei nützliche Dinge aufbewahrt wurden.

Aus Neugier hatte er kurz nach seinem Einzug mal einen Blick hineingeworfen. Dort würde er sicher fündig werden.

Als er die Haustür öffnete, blickte er direkt in das Gesicht von Nils, der, die rechte Hand noch immer zum Klopfen erhoben, überrascht einen Schritt zurück wich.

„Man hast du mich jetzt erschreckt", sagte er und griff sich mit der linken Hand kurz an die Brust.

„Hallo", sagte Yun und konnte seine Enttäuschung in der Stimme nur schwer verbergen.

„Ich wollte meinen Roller abholen."

Yun nickte, „das habe ich mir fast gedacht. Was hältst du davon, wenn ich deinen Reifen repariere und im Gegenzug leihst du mir für heute Abend deinen Roller aus?"

Nils schien etwas überrumpelt von der Frage, er grübelte kurz, bevor er antwortete: „Generell ein fairer Deal, aber ich verleihe meinen Roller nicht. War ein Geschenk meines verstorbenen Opas, weißt du?"

„Oh, das verstehe ich. Schade", entgegnete Yun und drehte sich schon wieder zur Haustür um, als Nils ihn am Arm festhielt.

„Warte doch mal, ich habe einen Gegenvorschlag. Du reparierst den Reifen und ich fahr dich dafür dahin, wo du hin willst."

Yun zögerte. Sollte er Nils da mit hineinziehen? Aber er musste ihm ja nicht die Wahrheit sagen, sondern könnte sich irgendeinen harmlosen Vorwand überlegen, warum er zu dieser Adresse fahren wollte.

„Okay, Deal!", erwiderte er.

Zusammen mit Nils holte Yun den Roller aus dem Schuppen und inspizierte als erstes den platten Reifen. Es dauerte keine Minute und er hatte den Übeltäter gefunden. Ein kleiner, spitzer Stein hatte sich durch den Mantel bis in den Gummireifen gebohrt und steckte noch zur Hälfte in dem Loch fest, durch das der Reifen dann schnell seine Luft verloren hatte.

Die abendliche Bullenfütterung fand in der Regel gegen sieben Uhr statt. Also hatte Yun noch genug Zeit, um sich in die Werkstatt zu schleichen und das nötige Reparatur-Equipment zu besorgen. Wenn er den Reifen repariert hatte, würde er die Sachen später wieder zurücklegen. Das würde sicher niemandem auffallen, denn die Werkstatt wurde nur noch selten genutzt.

Sie hatten Glück, die Tür der Halle und auch die der Werkstatt waren nicht verschlossen. Yun sah sich genau um. Konzentriert suchte er die Regale und die an den Wänden montierten Halterungen nach dem passenden Schraubenschlüssel ab, den er benötigte, um den Reifen abzubauen.

Auch wenn die Werkstatt kaum noch in Betrieb genommen wurde, war doch alles da, was man zum Reparieren von Maschinen so brauchte. Das Werkzeug war ordentlich einsortiert, so dass man sich gut zurechtfinden konnte.

Der passende Schraubenschlüssel war schnell gefunden. In der Schublade eines alten Werkzeugwagens entdeckte Yun dann noch ein Reifenreparaturset. Bingo! Wenn der Klebstoff noch nicht zu alt war, sollte er den Reifen damit provisorisch flicken können.

„Wo soll's denn noch hingehen?", fragte Nils interessiert, während Yun den defekten Reifen abmontierte.

„Ich muss nach Rodenase, weißt du, wo das liegt?"

Nils verzog das Gesicht.

„Nach Rodenase? Hui, das ist aber nicht gerade um die Ecke. Mein Roller fährt maximal siebzig. Mit uns beiden vermutlich eher sechzig, da haben wir eine ganz schöne Tour vor uns."

„Du musst ja nicht mitkommen", erwiderte Yun, ohne von seiner Arbeit aufzublicken, „ich kann auch allein fahren."

„Kommt gar nicht in Frage, ich fahr dich. Ich wollte ja nur, dass du dir über die Entfernung bewusst bist. Da werden wir sicher mindestens eine Stunde brauchen."

Yun nickte. „Ist mir klar, für mich kein Problem."

Als Yun mit der Reparatur fertig war, fuhren sie direkt los. Vorher hielten sie noch kurz bei Nils an, um einen zweiten Helm zu holen.

20

Nils wählte eine Weg, auf dem wenig Verkehr war, das brachte mehr Spaß, als die Hauptstraßen zu benutzen und man konnte auch viel mehr von der Gegend sehen. Es ging querfeldein über kurvenreiche Landstraßen und dann direkt parallel am Deich Richtung dänische Grenze entlang. Sie kamen an einer Muschelfabrik vorbei und durchquerten einige kleine Dörfer. Zwischen den Orten, umgeben von Sonnenblumenfeldern oder Wiesen, standen immer wieder einzelne Gehöfte.

Yun fiel auf, wie viele verschiedene Gerüche in der Luft lagen. Mal roch es nach frischem Heu, mal seltsam nach Kaugummi, mal nach Kamille und ein Stückchen weiter nach Schweinegülle. Einige Düfte riefen Erinnerungen an Kindheitstage in ihm wach.

Der Flicken hielt und kurz vor Anbruch der Dämmerung erreichten sie endlich den Ruckelsbüller Koog.

Der Hof mit der Hausnummer fünf lag einsam und etwas erhöht auf einer kleinen Warft direkt hinter dem Deich. Nils stellte seinen Roller vor dem geschlossenen eisernen Gartentor ab. Im großen Schatten der uralten Eichen, die das mit Reet gedeckte Backsteinhaus wie Leibwächter umzingelten, hatte das Anwesen etwas Gespenstisches an sich und Yun kamen erste Zweifel, ob es eine gute Idee war, zu so später Stunde hier rauszufahren. Nils schien seine Bedenken zu teilen.

„Mmh, sieht irgendwie nicht gerade einladend aus", sagte er.

Ein unangenehm quietschendes Geräusch erklang, als Yun den Griff der Eisenpforte herunterdrückte. Um sie weit genug öffnen zu können, musste er die Pforte mit einem kräftigen Ruck über die darunter schon viel zu hoch gewachsenen Grasbüschel schieben. Sie komplett zu öffnen gelang ihm nicht, denn die Tür hing nicht mehr richtig in ihren Angeln und schliff über den Boden.

„Hier ist wohl schon länger keiner mehr durchgegangen", sagte Nils, der sich dicht hinter ihm durch die schmale Öffnung der Pforte zwängte. „Ja, scheint so", erwiderte Yun mit leiser Stimme.

Langsam näherten sie sich über den kleinen gepflasterten Fußweg der Haustür. Dabei wurde Yun mit jedem Schritt ein bisschen mulmiger zu mute.

Der Rasen rechts und links war lange nicht gemäht worden und die Klappe des Briefkastens an der Hauswand stand offen. Volker Ebsen stand auf dem kleinen Schild, das auf der Briefklappe klebte, sie waren also auf jeden Fall richtig. Doch das ganze Grundstück wirkte verwahrlost und verlassen.

Yun suchte neben der Haustür an der Steinwand nach einem Klingelknopf, fand aber keinen. Er atmete einmal tief ein und aus, bevor er fest mit der Faust an die

Tür klopfte. Stille, nichts regte sich.

Yun klopfte noch einmal, doch es kam keine Reaktion.

„Komm Yun, lass uns abhauen", sagte Nils, „hier ist keiner zu Hause."

Doch Yun beachtete ihn überhaupt nicht. Stattdessen drückte er möglichst geräuschlos die verschnörkelte Metallklinke der Haustür herunter. Überrascht stellte er fest, dass die Tür nicht abgeschlossen war.

„Was hast du vor? Das nennt man Hausfriedensbruch!", flüsterte Nils, sichtlich beunruhigt. „Komm, lass lieber, wir fahren nochmal tagsüber her."

Noch während Nils auf Yun einredete, stand der schon im Hausflur und sah sich um.

„Hallo? Ist hier jemand?", rief er laut, doch es kam keine Antwort.

Nils versuchte weiter, Yun aufzuhalten. „Ich sag doch, es ist niemand zu Hause, komm wieder raus!"

„Geh doch einfach wieder zu deinem Roller und warte dort auf mich!", fuhr Yun ihn genervt an.

Das ließ Nils sich nicht zweimal sagen, er machte kehrt und ging eilig zurück Richtung Eingangspforte.

„Aber pass auf, dass dich keiner sieht", rief Yun ihm noch nach. Dann schloss er die Haustür hinter sich. Nils' Antwort hörte er schon nicht mehr.

Ganz langsam und leise bewegte er sich durch das fremde Haus. Dabei sah er sich gründlich um und schaute in jedes Zimmer. Zuerst kam er in die Küche. Sofort fiel sein Blick auf den kleinen Tisch, der mitten im Raum stand. Im Kaffeebecher darauf, der noch bis zur Hälfte mit einer dickflüssigen, braunen Masse gefüllt war, schwamm ein bläulich weißer Schimmel-Teppich und auf dem angebissenen Brot auf dem Teller daneben, dessen Belag Yun nicht mehr identifizieren konnte, saßen einige grünlich schimmernde Schmeißfliegen. Es roch unangenehm nach vergammelten Essensresten und Müll, der wahrscheinlich tagelang nicht ausgeleert worden war. Der Geruch hatte sich schon bis in den dunklen Flur ausgebreitet.

Yun betrat den nächsten Raum, offensichtlich das Wohnzimmer. Der Gestank nach kaltem Rauch und schalem Bier stieg ihm in die Nase. Ein Fernseher, eine alte Couch, ein Tisch, auf dem mehrere leere Bierdosen standen und ein bis zum Rand gefüllter Aschenbecher. An den Fenstern das Summen unzähliger Fliegen. Ein fast leeres Bücherregal stand an der Wand, sonst nichts. Auf dem Boden zeichnete sich ein rechteckiger, heller Fleck auf. Hier hatte wohl vor Kurzem noch ein großer Teppich gelegen, denn die alten Dielen waren an dieser Stelle vom Sonnenlicht nicht nachgedunkelt.

Zurück im Flur wurde er auf unheimliche Weise von der offenstehenden Tür angezogen, die am Ende des Ganges wie ein schwarzes, alles verschlingendes Loch auf ihn wartete. Auf dem Weg darauf zu warf er einen kurzen Blick in das enge, mit moosgrünen Kacheln geflieste Badezimmer. Ein Klo, ein kleines Waschbecken. Das war alles. Kein Handtuch und auch kein Fenster. Hinter der offenstehenden Tür am Ende des Hausflurs führte eine schmale, steile Holztreppe geradewegs hinunter in den Keller.

Mit zaghaft ausgestreckten Fingern tastete Yun links an der Wand neben der Tür nach einem Lichtschalter, den er auch nach wenigen Sekunden fand. Die kleine gelb leuchtende Glühlampe, die ohne Schirm an einem von Spinnenweben behangenen Kabel an der Decke baumelte, gab nur ein schwaches Licht ab und ließ die untersten Stufen der Treppe im Nichts enden.

Sollte er umdrehen? Wonach suchte er denn überhaupt? Kurz besann er sich. Nein, er würde sich jetzt auch noch im Keller umsehen. Er hatte das ungute Gefühl, dass hier irgendetwas nicht stimmte.

Stufe für Stufe wagte er sich hinab. Ein Geländer gab es nicht. Nach einigen Metern auf dem Weg nach unten schaltete er die Taschenlampenfunktion seines Handys ein. Die letzte Treppenstufe endete in einem überraschend kleinen Gewölbekeller.

Modriger Geruch erfüllte den Raum. Langsam leuchtete er von links nach rechts die von der hochziehenden Feuchtigkeit befleckten Wände ab. Gleich neben der Treppe stand ein langes Holzregal mit verstaubten Einmachgläsern, ein paar liegenden Weinflaschen und einem großen Sack mit Zwiebeln oder Kartoffeln. Mittig im Raum befand sich die Heizungsanlage und weiter rechts lehnte eine alte, fleckige Matratze an der Wand, ein paar Pappkartons standen davor und mehrere Stapel vergilbter Zeitschriften.

Plötzlich vibrierte sein Smartphone – er hatte wohl eine Nachricht empfangen. Vor Schreck hätte Yun es fast aus der Hand fallen lassen. Als er die Taschenlampenfunktion ausstellen wollte, um die Nachricht besser lesen zu können, fiel der Lichtkegel für einen kurzen Moment auf den Boden vor der letzten Treppenstufe, auf der er stand. In dieser einen Sekunde glaubte er, bevor das Licht erlosch, etwas dort vor sich gesehen zu haben. Schnell schaltete er die Taschenlampe wieder an und beleuchtete den Betonboden vor seinen Füßen. Im Lichtschein wurde eine große Lache dunkler, getrockneter Flüssigkeit sichtbar.

Er holte ein Taschentuch aus seiner Hosentasche und ging in die Knie. Mit zittriger Hand rieb er mit dem Tuch über den Fleck und sah es sich danach im Licht genauer an, es war Blut! Yun lief es eiskalt den Rücken herunter.

Wieder vibrierte sein Handy. Er eilte die Treppe hinauf, wollte nur noch raus. Oben im Flur blieb er stehen. Sein Puls raste, während er die Nachricht auf seinem Handy las.

„Da kommt jemand, du musst da sofort raus!", stand da, und im nächsten Augenblick hörte Yun auch schon, wie die Haustür geöffnet wurde. Rasch huschte er ins nächstgelegene Zimmer. Hier war er vorher noch nicht gewesen. Ein einfaches Holzbett stand an der Wand, die Bettwäsche war aufgewühlt, so als wäre gerade erst jemand daraus aufgestanden. Auf dem Nachttisch lag ein umgedrehter Bilderrahmen. Schnell kroch Yun unter das Bett. Er drückte seinen Körper so dicht er konnte an die Wand, damit man ihn nicht sehen konnte.

Die Person hatte das Haus betreten und er hörte, wie die Schritte im Flur langsam näher kamen. Ihm stockte der Atem, als der Unbekannte das Schlafzimmer betrat. Hatte er ihn gehört? Er kam dichter, setzte sich auf das Bett. Die Federn des Bettgestells gaben unter dem Gewicht nach und bogen sich nach unten. Yun konnte die Schuhe des Fremden sehen, aber mehr auch nicht, war es Udo? Er wusste es nicht.

Der Mann seufzte laut. Nach ungefähr zwei Minuten, die Yun wie eine Ewigkeit vorkamen, stand er wieder auf und verließ den Raum. Yun rückte lautlos ein bisschen hervor und wagte einen vorsichtigen Blick. Er sah gerade noch, wie die Tür vom kleinen Badezimmer gegenüber von innen geschlossen wurde, dann hörte er das Geräusch fließenden Wassers.

Yun überlegte nicht lange, so schnell er konnte, kroch er aus seinem Versteck hervor. Sollte er es wagen, zur Haustür zu laufen? Nein, das war zu riskant, der Mann konnte jederzeit wieder aus dem Badezimmer auf den

Flur treten und der Flur war ziemlich lang, so schnell hätte er die Haustür nicht erreicht, vor allem nicht, wenn er dabei keine Geräusche machen wollte.

Hektisch sah er sich um, dabei fiel ihm auf, dass der Bilderrahmen, der eben noch umgedreht auf dem Nachttisch gelegen hatte, plötzlich fehlte. Der Mann musste ihn mitgenommen haben. Yun ärgerte sich darüber, dass er sich das Foto vorher nicht ansehen konnte, aber jetzt war keine Zeit, um darüber nachzudenken. Er musste schnellstmöglich verschwinden.

Ihm blieb keine andere Wahl, er konnte nur durch das Fenster klettern. Ganz leise schob er die Gardine ein Stück zur Seite und drehte den Hebel in eine waagerechte Position, um es zu öffnen. Zum Glück klemmte nichts und er konnte das Fenster leicht aufdrücken. Über die Fensterkante ließ er sich ins hohe Gras gleiten, dann zog er den Fensterflügel schnell wieder hinter sich zu und ging unter der Fensterbank in die Hocke.

Nun befand er sich im Garten hinter dem Haus.

Der Geruch nach kalter Asche lag in der Luft. Im nächsten Moment entdeckte er auch schon den großen schwarzen Brandfleck mitten auf dem Rasen. Das Gras war bis auf die Erde niedergebrannt und nur noch ein paar verkohlte Reste einer schwarzen Masse waren übrig geblieben.

Am anderen Ende des Gartens konnte er im Dämmerlicht die Umrisse eines Holzschuppens erkennen.

Gebückt rannte Yun darauf zu. Einer der großen Torflügel stand einen Spalt weit offen und er schlüpfte hinein und erstarrte kurz. Der blaue Transporter! Yun erkannte ihn sofort wieder, die abgeblätterte Aufschrift auf dem Blech, der gerissene, kaputte Scheinwerfer, hier handelte es sich zweifellos um das Fahrzeug, das er auf dem Hof gesehen hatte. Er lag also richtig mit seiner Vermutung, dass das Päckchen etwas mit der Leiche zu tun hatte.

Er blickte durch das Fenster der Fahrertür, doch viel erkennen konnte er in der Dunkelheit nicht. Ein voller Aschenbecher, schmutzige Sitze, sonst nichts Auffälliges. Da hörte er ein deutliches Knacken von draußen, so als wäre jemand auf einen Ast getreten, dann ein Husten. Der Mann war schon im Garten. Die Verlockung war groß, schnell noch einen Blick durch das offene Tor zu werfen, um nachzusehen, ob es wirklich Udo war, aber dafür war es zu spät, denn der Mann war schon in unmittelbarer Nähe und hatte den Schuppen gleich erreicht.

Leise fluchend suchte Yun nach einer Möglichkeit, sich erneut vor ihm zu verstecken. Aber außer dem Transporter war da nichts. Er öffnete vorsichtig die Heckklappe und stieg kurzerhand in den Laderaum. Gerade noch schaffte er es, die Klappe leise hinter sich zu schließen, bevor der Mann auch schon die Tore des Schuppens weit öffnete.

Yuns Herzschlag pochte schnell und laut in seinen Ohren. Wenn er jetzt den Kofferraum öffnete, würde er Yun erwischen. Er hätte keine Chance, dem Mann zu entkommen.

Flach, aber schnell atmend, horchte er auf jedes Geräusch. Es schaukelte kurz, dann das Zuschlagen der Transportertür. Der Mann war eingestiegen.

„Scheisse!", dachte Yun, jetzt war er gefangen. Da heulte auch schon der Motor auf und der Wagen setzte sich langsam in Bewegung.

Tausend Gedanken gingen ihm durch den Kopf: Wo fuhr der Mann mit ihm hin? Was war mit Nils? Und was sollte er machen, wenn er entdeckt würde?

Bleib ruhig, ermahnte er sich selbst, jetzt bloß nicht panisch werden.

Im hinteren Teil des Transporters gab es keine Fenster. Es roch eklig, leicht süßlich und gleichzeitig streng nach Gummi. So ähnlich hatte es gerochen, als er die Verpackung des neuen Fahrradschlauches geöffnet hatte, den er sich vor einigen Tagen für sein Rad besorgt hatte.

Schnell zog er sein Handy aus der Tasche – „mal wieder kein Empfang."

Mit der Taschenlampenfunktion leuchtete er den Laderaum aus. Da lag zusammengeknüllt der gelbe Gummianzug und daneben die Gasmaske, die Udo in jener Nacht trug, als er bei ihm in der Wohnung gewesen war. Neben ihm an der Wand des Transporters lag ein langer Holzstiel, an dessen Ende sich ein großer Haken befand und auf dem blechernen Boden entdeckte Yun eine Schleifspur aus getrocknetem Blut, die einmal komplett durch den ganzen Laderaum bis zur Heckklappe führte. Er schluckte, was sollte er jetzt machen? Plötzlich nahm der Transporter eine scharfe Kurve. Mit seinem ganzen Gewicht musste Yun sich gegen die Wand pressen, um nicht das Gleichgewicht zu verlieren und polternd durch den Innenraum zu purzeln. Übelkeit stieg in ihm auf. Dann ging es wieder ein paar Minuten geradeaus, bevor der Untergrund auf einmal sehr holprig wurde. Da sie offensichtlich die asphaltierte Landstraße verlassen hatten, rechnete Yun jetzt jederzeit damit, dass sie anhalten würden. Er sollte recht behalten. Kurz darauf kam der Transporter zum Stehen.

Irgendwie musste er sich darauf vorbereiten, gleich Udo gegenüber zu stehen.

Er stand auf, griff nach dem Haken und stellte sich so vor der Heckklappe auf, dass er sofort zuschlagen konnte, sobald sich die Tür von außen öffnen würde. Eigentlich wusste er zwar, dass er mental nicht in der Lage war, einfach auf einen Menschen einzuschlagen, schon gar nicht auf jemanden, den er kannte. Aber trotzdem gab ihm die Waffe in seiner Hand ein gewisses Maß an Sicherheit und er fühlte sich der Situation nicht mehr ganz so ausgeliefert.

Aufgeregt und in höchster Anspannung wartete er darauf, dass sich die Tür öffnete. Er hielt den Atem an und horchte. Es war mucksmäuschenstill. Doch auch nach einigen Minuten passierte nichts.

Als er sich einigermaßen sicher war, dass der Fahrer sich entfernt hatte, öffnete er vorsichtig die Heckklappe. Zuerst nur einen kleinen Spalt, falls er doch noch in der Nähe war, aber die Luft war rein und er sprang leise aus dem Laderaum. Erleichtert atmete er einmal tief durch.

Draußen war es mittlerweile dunkel geworden, nur das fahle Mondlicht erhellte ein wenig das Umfeld und so konnte Yun sich in der unbekannten Umgebung umsehen. Er brauchte nicht lange überlegen, um zu erkennen, dass er erst vor ein paar Stunden schon mal hier gewesen war, auf Udos Grundstück.

Lautlos schlich er sich hinter dem Transporter entlang nach vorne bis zur Beifahrertür. Von hier aus hatte er eine gute Sicht auf das Haus, ohne selbst entdeckt zu werden. In der Küche brannte Licht und er konnte Udo sehen, wie er am Küchentisch saß und rauchte.

Beim flüchtigen Blick durch die Beifahrerscheibe erregte etwas Glänzendes seine Aufmerksamkeit. Es war der Bilderrahmen aus dem Schlafzimmer von Volker Ebsen, der in der Mittelkonsole lag und in dessen Glas sich das Mondlicht widerspiegelte.

Vorsichtig öffnete er die Transporter Tür und griff danach. Nur mit dem reflektierenden Licht seines Smartphones sah er sich das Foto an. Yun hatte dasselbe Fotomotiv schonmal gesehen, im Flur bei Udo, doch dort hatte er nicht die Ruhe gehabt, es sich genau anzusehen. Es war schon älter, der Kleidung nach zu urteilen, vielleicht aus den Achtzigern, vermutete Yun. Die Farben waren etwas gelblich und ausgeblichen. Vier Jungs waren darauf abgebildet, ungefähr vierzehn oder fünfzehn Jahre alt. Drei davon hielten sich in den Armen und ein Vierter kniete vor ihnen, so als wäre er gerade erst ins Bild gesprungen. Seine Arme hatte er nach oben gerissen und er lachte. Alle sahen glücklich aus.

Yun legte das Foto zurück und verschwand dann zügig Richtung Straße. Er wollte schnell weg, bevor Udo ihn doch noch bemerkte. Zum Glück hatte er auch wieder Handyempfang.

Nachdem er sich einige Meter von Udos Grundstück entfernt hatte, schickte er Nils seinen Standort und eine Nachricht mit der Bitte, ihn abzuholen. Ungefähr zwanzig Minuten später war er da.

Seine Hose war dreckig und klitschnass und jeder Schritt, den er auf Yun zukam, hörte sich an, als würde jemand einen nassen Schwamm ausdrücken.

„Ich glaube, du bist mir eine Erklärung schuldig!", sagte er vorwurfsvoll. „Um mich nicht von diesem Typen erwischen zu lassen, musste ich kurzerhand in den von Schilfpflanzen zugewachsenen Graben gegenüber des

Grundstücks springen. Hätte ich vorher gewusst, dass du hier einbrechen willst, dann hätte ich dich nicht gefahren! Worum geht es hier eigentlich?"

Yun hatte ein schlechtes Gewissen, er hätte Nils nicht einfach so ahnungslos draußen stehen lassen dürfen.

„Ja, du hast recht. Ich erzähl dir alles, wenn wir wieder zu Hause sind."

21

Das alles übertönende, monotone, hochfrequente Dröhnen des Zweitakt-Motors und das Schwarz der Nacht, das sie umgab, schafften eine unwirkliche Atmosphäre, ähnlich wie in einem Traum. Dazu war die Luft immer noch so mild, dass Yun trotz T-Shirt und Fahrtwind überhaupt nicht kalt war.

Nach ungefähr einer halben Stunde auf dem Rücksitz des Rollers war er auf einmal so unendlich müde, dass er es kaum noch erwarten konnte, endlich in sein Bett zu fallen. Den Kopf ab und zu an den breiten Rücken von Nils angelehnt, hatte er Mühe, seine Augen offen zu halten. Doch als sie endlich bei ihm zu Hause auf dem Hof ankamen, hielt Nils hartnäckig an Yuns Versprechen fest, ihm alles zu erklären.

Yun holte zwei Gläser und eine Tüte Orangensaft aus dem Kühlschrank. Dann machten es sich beide auf der alten, schwarzen Second-Hand Ledercouch im Wohnzimmer bequem und Yun begann, Nils von seiner Beobachtung, von Udo, dem Päckchen und seinen Vermutungen zu erzählen. Nils hörte ihm aufmerksam bis zum Ende zu.

Als Yun dann die Tüte Orangensaft nahm, um beiden etwas davon einzugießen, hielt Nils schnell die Hand über sein Glas.

„Den Orangensaft kannst du gleich wieder wegstellen, ich brauch jetzt was Stärkeres, ein Bier oder besser noch einen Schnaps!"

Den hätte Yun nach der ganzen Aufregung jetzt auch vertragen können, aber er hatte keinen Schnaps im Haus.

„Ich kann dir nur ein Glas Weißwein anbieten", erwiderte er, aber auch damit war Nils einverstanden.

„Oh man, wo bist du denn da nur hinein geraten?", fragte er kopfschütteln und nippte an seinem Glas.

„Mmh, der ist wirklich gut, ich bin sonst eigentlich kein Weintrinker, aber der ist echt lecker", jetzt nahm Nils einen größeren Schluck. „Und was willst du jetzt weiter unternehmen?"

„Gute Frage", antwortete Yun, „im Grunde habe ich doch überhaupt nichts in der Hand. Das sind alles nur Vermutungen. Im Haus sah es so aus, als wäre Volker Ebsen aus heiterem Himmel verschwunden, die offene Haustür, die noch gefüllte Kaffeetasse, das Brot auf dem Teller und der große Blutfleck im Keller, alles deutet darauf hin, dass ihm etwas zugestoßen ist und der Verdacht liegt nahe, dass es seine Leiche war, die Udo entsorgt hat. Aber beweisen kann ich bisher noch gar nichts. Vielleicht sollte ich die ganze Sache einfach auf sich beruhen lassen und nicht weiter in anderen Leuten Angelegenheiten herumschnüffeln."

„Du hast doch schon einiges herausgefunden und offensichtlich bist du auf der richtigen Spur, da kannst du doch jetzt nicht einfach alles hinschmeißen. Ich sag dir, das sind nicht nur Vermutungen, da ist was dran. Dieser Udo, der hat Dreck am Stecken, das habe ich im Gefühl."

Yun lächelte. „Aber ein Gefühl ist kein Beweis. Außerdem kennst du ihn nicht, eigentlich traue ich ihm keinen Mord zu, er ist wirklich in Ordnung."

„Glaub mir, ich spür sowas", widersprach Nils. „Okay, stimmt, ich kenne diesen Udo nicht, aber richtig kennen tust du ihn doch auch nicht!"

Damit hatte Nils allerdings recht. Aber Yuns Gefühl sagte ihm, dass Udo kein schlechter Mensch war. Doch wie weit kann man seinem eigenen Gefühl überhaupt trauen? Man sagt doch immer „Hör auf dein Bauchgefühl", war das denn in diesem Fall falsch? Vielleicht wollte Yun auch einfach nicht glauben, dass Udo jemanden umgebracht haben könnte.

Als die beiden die Weinflasche geleert hatten, machte sich Nils auf den Heimweg.

„Den Roller hol ich morgen ab, okay? Ich hab zwar nicht viel getrunken, aber um den Führerschein loszuwerden, könnte es schon reichen. Außerdem kann ein kleiner Spaziergang zum Runterkommen ganz hilfreich sein."

„Kein Problem!", antwortete Yun. „Komm gut nach Hause! Bis morgen dann."

Die drückende Wärme, die sich über den Tag in seinem Schlafzimmer angestaut hatte, machte ihm das Einschlafen schwer. Draußen wehte kein einziges Lüftchen, so dass auch das weit geöffnete Fenster keine Abhilfe schaffen konnte. Ganz im Gegenteil, statt der erhofften frischen Luft schwirren nur ein paar Mücken und Schnaken herein.

Außerdem konnte er nicht aufhören, über das Ganze nachzudenken. Es waren zu viele offene Fragen, auf die ihm die Antworten fehlten.

Udo hatte sich bei Volker Ebsen den blauen Transporter abgeholt. Irgendetwas hatte er damit vor, überlegte Yun. Vielleicht würde er noch heute Nacht auf den Hof zurückkommen, um das zu beenden, wobei ihn Lukas Mutter beim letzten Versuch gestört hatte?

Yun entschloss sich, im Wohnzimmer auf dem Sofa zu schlafen. Die Fenster waren direkt zur Grundstückseinfahrt ausgerichtet, so dass er es sicher hören würde, wenn ein Fahrzeug nachts über den knirschenden Schotter auf den Hof käme.

Doch in dieser Nacht blieb alles ruhig. Trotzdem tat Yun kein Auge zu, erst beim Morgengrauen fiel er in einen leichten, unruhigen Schlaf.

22
SAMSTAG

Gegen halb elf am Samstag morgen holte Yun das Klingeln seines Handys aus dem Schlaf. Mit noch halb geschlossenen Augen tastete er den Boden vor dem Sofa ab.

„Hallo?", nuschelte er verschlafen.

„Hallo. Oh, hab ich dich geweckt? Hier ist Luka", hörte er ihre Stimme am anderen Ende.

Überrascht setzte er sich auf. „Nein, nein, schon gut, ich wollte sowieso gerade aufstehen", erwiderte er.

„Ich wollte dich fragen, ob du heute Abend schon was vor hast?"

Yun flog ein Lächeln über das Gesicht. „Nein, ich habe bisher nichts geplant."

„Sehr gut. Ich möchte dir gerne etwas zeigen."

„Was denn?", fragte er neugierig.

„Das verrate ich dir noch nicht. Komm so gegen zehn an die Straße vor unserem Haus, ja?"

„Ja, okay", antwortete er. „Das hört sich ja spannend an, ich bin um zehn da."

„Und nimm deine Badesachen mit", ergänzte sie noch, bevor sie sich verabschiedete.

Yun freute sich, Luka wiederzusehen und er war gespannt, was sie ihm zeigen wollte. Zeit mit ihr zu verbringen und ihr näher zu kommen war eine schöne

Ablenkung zu all den anderen Dingen, die ihn momentan beschäftigten. Doch in der Nacht würde er auf jeden Fall wieder Wache halten, um Udos Rückkehr abzuwarten.

Als Yun nach dem Frühstück die Haustür öffnete, um nach der Post zu sehen, schlug ihm eine schwüle, drückende Hitze entgegen. Nur der leicht aufkommende Wind machte die Wärme halbwegs erträglich.

Schnell schloss er die Haustür wieder hinter sich, um die Fliegen, die wie eine große schwarze Armee auf der Außenseite saßen, nicht ins Innere des Hauses zu lassen.

Auf dem Weg zum Briefkasten sammelten sich unzählige kleine Gewittertierchen auf seinem hellen T-Shirt. Sie krabbelten überall, sogar in den Haaren und kitzelten auf der Haut.

Yun beobachtete mehrere Schwalben, die im Tiefflug immer wieder über das Hofgelände flogen. Das Angebot an Insekten war bei diesem Wetter nahezu grenzenlos und gerade in der Nähe der Bullenställe und dem Misthaufen gab es so viele Fliegen, dass man damit einen ganzen Schwalbenschwarm hätte sättigen können. Hinten auf dem First der großen Maschinenhalle hatte sich mal wieder eine Gruppe großer Sturmmöwen niedergelassen. Mit hoch erhobenem Kopf und durchgedrücktem Hals zeterten sie vor sich hin und gaben ab und zu laute Schreie von sich, so als wollten sie auf sich aufmerksam machen. Bei diesem Bild drängte sich Yun sofort eine Szene aus Hitchcocks' *Die Vögel* in den Kopf und er fragte sich, worauf die Möwen da oben jeden Vormittag warteten.

Für die Nacht war endlich ein Gewitter angesagt, dass der Hitzewelle ein Ende bereiten sollte. Aber bis dahin würde es ein sehr heißer Tag werden. Deshalb beschloss Yun, den Tag im Haus zu verbringen, um endlich mal seine Umzugskartons auszuräumen und ein bisschen Ordnung zu schaffen. Und er würde mal wieder seine Mutter anrufen. Auch wenn er es immer noch für die richtige Entscheidung hielt, sich eine Zeitlang, weit weg von zu Hause, allein durchzuschlagen, hieß das nicht, dass er seine Eltern nicht auch manchmal vermisste. Auch wenn sein Vater sich noch etwas schwer damit tat, beide akzeptierten mittlerweile Yuns Entscheidung, aber was blieb ihnen auch anderes übrig?

Die Dämmerung brach gerade herein, als Yun um kurz vor zehn mit seinen Badesachen unter dem Arm und von Mückenschwärmen begleitet, rüber zur Einfahrt von Lukas Wohnhaus spazierte.

Kurz darauf kam sie ihm auch schon strahlend entgegen. Über der Schulter trug sie einen kleinen Rucksack. „Hallo", sagte sie und begrüßte ihn mit einer schüchternen Umarmung. „Die anderen werden gleich kommen. Und hast du schon eine Idee, wo es hingehen könnte?"

Yun schüttelte lächelnd den Kopf.

„Ich vermute mal irgendwohin, wo man baden kann?"

Luka lachte. „Okay, lassen wir das, sonst hast du es gleich schon erraten."

Eigentlich hatte Yun gedacht, die beiden würden heute etwas allein unternehmen, aber er fand es nicht schlimm, wenn ihre Freunde dabei waren. Wenige Minuten später hielt auch schon der grau-metallic farbene Mercedes Kombi von Erik an der Straße. Diesmal saßen nur er und Kerrin im Auto, Lasse war nicht dabei.

„Moin", begrüßte Erik ihn freundlich, „bestimmt dein erstes Meeresleuchten, oder?"

„Man, Erik, du solltest doch nichts verraten!", sagte Luka verärgert und schlug ihm von hinten auf die Schulter.

„Oh sorry, hab ich vergessen", sagte er und lachte.

Als Yun ihm nicht gleich antwortete, blickte Luka ihn erwartungsvoll an.

„Äh, ja, cool, auf jeden Fall. Bevor ich herkam, war ich ja noch nicht mal am Meer gewesen. „Vom Meeresleuchten hab ich mal was im Fernsehen gesehen, das war's dann aber auch schon."

„Die heutigen Wetterverhältnisse sind dafür optimal", sagte Luka. „Es ist wirklich etwas ganz Besonderes, nachts im leuchtenden Meer baden zu gehen."

„Ich kann mir das gar nicht so richtig vorstellen", erwiderte Yun, „aber ich bin gespannt." Dann legte er wie selbstverständlich den Arm um Luka. Sie lehnte sich an ihn und ließ ihren Kopf auf seine Schulter sinken. Erik startete den Motor und fuhr los.

Schräg gegenüber, in der Einfahrt zur Wiese, ein paar Meter zurück im hohen Gras, stand unbeleuchtet und unauffällig der blaue, alte Transporter. Ungefähr eine Viertelstunde nachdem Yun mit den anderen weggefahren war, leuchtete kurz das Licht des vorderen Scheinwerfers auf. Der Transporter setzte sich in Bewegung und rollte langsam aus der Einfahrt heraus, über die Dorfstraße hinweg und auf die Auffahrt des verlassenen Hof Grundstücks.

23

Nils stand, von Fliegen, Mücken und anderem Vieh-
zeug belästigt, vor seinem Roller und suchte mit der
rechten Hand in seiner Hosentasche zwischen Klein-
geld, Bonbonpapier und einem alten Taschentuch nach
dem kleinen Schlüssel, den er zum Starten brauchte. Es
war zwar schon später Abend, aber die Luft war immer
noch so warm und drückend, dass man schon vom blo-
ßen Herumstehen zu schwitzen begann.

Eigentlich wollte er seinen Roller schon viel früher
abholen, aber er hatte seiner Oma noch im Garten
geholfen und anschließend erstmal duschen müssen,
weil er so durchgeschwitzt war. Danach hatte sie darauf bestanden, dass er erstmal was Ordentliches essen
sollte und erst dann, nachdem er sich mit ihr zusammen noch einen alten *Miss Marple*-Film im Fernsehen
angesehen hatte, konnte er sich endlich auf den Weg
machen.

Warum müssen alte Menschen immer an den heißesten
Tagen auf die Idee kommen, Rasen zu mähen oder
Unkraut zu hacken, das würde ihm immer ein Rätsel
bleiben, aber leider war seine Oma da keine Ausnahme
und ihr die Aktion auszureden, war ihm nicht gelun-
gen.

Aber immerhin hatte er es geschafft, sie unter den Son-
nenschirm in den Schatten auf den alten Liegestuhl

unter dem großen Apfelbaum zu schicken, um für ihn Pflaumen zu waschen und zu schneiden, während er die Arbeit im Garten übernahm.

„So eine Kacke", fluchte er.

Der Schlüssel war nicht da. Und dabei war er sich so sicher gewesen, dass er ihn nach dem Abstellen am gestrigen Abend in seine Hosentasche gesteckt hatte. Doch je länger er darüber nachdachte, umso mehr kamen ihm Zweifel und am Ende gelangte er zu dem Schluss, dass ihm der Schlüssel wahrscheinlich gestern bei Yun auf dem Sofa aus der Hose gerutscht war. Oder hatte er ihn sogar auf den Wohnzimmertisch gelegt?

Er sah auf die Uhr, gleich halb elf, da würde Yun bestimmt noch nicht schlafen, schon gar nicht am Wochenende. Er drückte auf den Klingelknopf und wartete, aber nichts passierte. Dann klingelte er nochmal und schließlich klopfte er beherzt an die Tür. Nichts, Yun war offensichtlich nicht da. Nils versuchte ihn anzurufen, doch er erreichte ihn nicht.

Als er gerade wieder gehen wollte, hörte er ein Geräusch. Es kam von hinten, aus der Richtung, in der sich die Ställe befanden. War Yun vielleicht doch nicht weg, sondern noch irgendwo auf dem Grundstück?

Nils beschloss nachzusehen – soweit er überhaupt etwas sehen konnte, denn es war bereits dunkel und der Hof nicht beleuchtet. Nur direkt vor den Eingangstoren der Ställe waren Bewegungsmelder angebracht.

Mit der Erwartung, Yun doch noch anzutreffen, machte er sich auf den Weg zu den Bullenställen.

Als er hinter dem ersten großen Gebäude um die Ecke bog, blieb er stehen. Vor ihm, ungefähr zwanzig Meter entfernt, zeichnete sich die dunkle Silhouette einer Person ab. Sie stand gebückt vor dem Stallgebäude, in dem die älteren, fast schlachtreifen Bullen untergebracht waren. In der Hand hielt sie einen langen Stiel. Nils konnte die Figur nur schemenhaft erkennen.

„Yun?", fragte er unsicher in die Dunkelheit und bereute schon in der nächsten Sekunde, dass er nicht einfach wieder abgehauen war.

Mit einer abrupten Bewegung richtete sich der Mann auf und drehte sich Nils zu.

Jetzt wusste er, dass es nicht Yun sein konnte, denn in aufgerichtetem Zustand war die Person viel größer als er. Außerdem trug sie eine Gasmaske.

Für einen kurzen Augenblick sahen sich beide reglos an. Dann zog Nils sein Smartphone aus der Hose und tippte hastig darauf herum, während er sich dabei langsam rückwärts bewegte, um seinen Kontrahenten keine Sekunde lang aus den Augen zu verlieren. Er rief Yuns Nummer auf und begann eine Sprachnachricht.

„Yun, ich bin gerade bei dir zu Hause und wollte meinen Roller abholen, aber Udo, er ist hier und er …" doch schon im nächsten Moment warf Udo das Werkzeug beiseite und rannte auf Nils zu.

Er lief weg so schnell er konnte, doch das war nicht schnell genug. Es brauchte nur einige Sekunden, bis Udo ihn eingeholt hatte. Von hinten sprang er ihm um den Hals und beide stürzten unsanft auf den harten Schotterweg. Nils wollte schreien, aber sein Gegner hielt ihm die Hand auf den Mund. Dann ein schmerzhafter Schlag gegen die Schläfe, er verlor das Bewusstsein.

24

Yun konnte es kaum glauben, anstatt einen einsamen
Parkplatz vorzufinden, wurden die vier in einem Strom
von Menschen mitgezogen. Überall am Deich verteilt
saßen die Leute auf ihren Decken oder Handtüchern.
Sie hatten ihre Plätze mit kleinen Petroleumlampen
oder nur ein paar Kerzen beleuchtet. Yun hörte fröhli-
che Stimmen und aus einer Richtung kam ruhige Musik. Für die Einheimischen schien das hier ein selbst-
verständliches, gemeinschaftliches Event zu sein und
nicht, wie er dachte, ein Geheimtipp, von dem kaum
jemand etwas wusste.

„Ist ja krass, was hier los ist. Mit so vielen Menschen
habe ich nicht gerechnet", staunte er, während sie sich
einen freien Platz zwischen den Handtüchern suchten.
„Ist das immer so?"

„Ja, viele Menschen, die hier wohnen kommen jedes
Jahr hierher, um das Leuchten zu sehen. Ich kann mich
noch gut daran erinnern, wie überrascht ich selbst war,
als ich das erste Mal mitgekommen bin."

Das Publikum war bunt gemischt. Es waren viele alte
Leute da, aber auch Familien mit Kindern und Jugendliche. Und die Stimmung war unglaublich friedvoll und
entspannt. Yun spürte eine Verbundenheit zwischen
den Menschen. Es war die Schönheit der Natur, die sie
alle in dieser Nacht zusammengeführt hatte und das

war etwas ganz Besonderes.

Dicht an der Treppe fanden die vier noch einen freien Platz. Kerrin hatte ein paar Kerzen mitgebracht, die sie sorgfältig um ihren Liegeplatz verteilte.

„Eine Markierung, damit wir nach dem Baden auch unsere Handtücher wiederfinden", sagte sie lächelnd.

Dann zogen sie sich um und gingen zusammen zur Treppe. Das Klima kam Yun fast tropisch vor, es war immer noch ungewöhnlich warm, gleichzeitig aber herrschte eine hohe Luftfeuchtigkeit. Jede Menge nächtlicher Insekten schwirrten durch die Luft und es war absolut windstill. Rabenschwarz und ruhig wie ein Spiegel lag die Nordsee vor ihnen.

Erik und Kerrin gingen als erste ins Wasser.

Luka stieg die obersten drei Betonstufen hinab, dann blieb sie stehen und wandte sich Yun zu.

„Komm", sie setzte sich auf die letzte noch trockene Stufe und ließ ganz sanft ihre Hand durch das Meerwasser gleiten. Da blitzten plötzlich um ihre Finger herum kleine bläulich-weiße Lichter auf. Je schneller sie ihre Hand bewegte, umso mehr und heller leuchtete es. Fasziniert setzte Yun sich neben sie. „Wau, das sieht wirklich cool aus. Was ist das eigentlich, was da so leuchtet?"

„Es sind winzig kleine Organismen. Das Licht entsteht, wenn sie sich durch mechanische Reibung entladen. Wenn du im Wasser schwimmst, dann bist du mittendrin und erlebst das Leuchten noch viel intensiver."

Noch etwas zögerlich folgte Yun Luka in die vor ihm liegende, schwarze Nordsee. Krebse, Schnecken oder andere nachtaktive Meeresbewohner könnten ihm jetzt ganz nahe kommen, ohne dass er es sehen würde. Dieser Gedanke gab ihm ein etwas mulmiges Gefühl. Doch als er dann im Wasser war und sich bewegte, war das schnell verflogen. Sein ganzer Körper war von kleinen Lichtern umgeben, die je nach Größe der Ansammlung verschieden hell zu leuchten begannen.

Er ließ seine Arme locker im Meer hin- und hertreiben und versuchte dann mit den Händen die aufgewirbelten Partikel einzufangen, die er durch seine Bewegungen zum Aufleuchten brachte. Tatsächlich gelang es ihm. Die helle Masse fühlte sich weich und gallertartig an. Für einen kurzen Moment leuchtete sie noch in seiner Hand auf, bevor das Licht wieder schwächer wurde. Es war ein einzigartiges Schauspiel und Yun war dankbar, dass Luka ihn mitgenommen hatte.

Als die erste Euphorie etwas abgeklungen war, ließ er sich zusammen mit den anderen auf dem Rücken treiben und genoss diesen ganz besonderen Augenblick. Über ihnen leuchtete der unendliche, klare Sternenhimmel. So eng verbunden mit der Natur hatte er sich noch nie gefühlt und gleichzeitig kam er sich im Gegensatz zum Universum klein und unbedeutend vor. Diese Erfahrung hatte ihn reicher gemacht und er würde die heutige Nacht nie mehr vergessen, das wusste er. Irgendwann wurde es dann aber doch kalt im Wasser und sie suchten ihren Liegeplatz auf. Jetzt waren alle froh, dass Kerrin vorher die Kerzen aufgestellt hatte, denn außerhalb des Meeres war es so stockdunkel, dass man kaum die Hand vor Augen sehen konnte.

Schnell hüllten sich alle in ihre wärmenden Handtücher.

„Und Yun, wie hat es dir gefallen?", fragte Kerrin neugierig.

„Ziemlich gut!", erwiderte er. „Ich hätte ehrlich gesagt nicht gedacht, dass mich das so beeindrucken würde."

„Mich fasziniert es immer wieder, obwohl ich es bestimmt schon vier oder fünf Mal miterleben konnte", sagte Luka und setzte sich auf einen Stein, um sich ihre nassen Sachen auszuziehen. Ein Vorteil beim nächtlichen Baden war, dass man sich ganz entspannt umziehen konnte, ohne nackt gesehen zu werden.

Als alle ihre trockenen Sachen wieder angezogen hatten, zog Luka vier Becher und eine Flasche Sekt aus ihrem Rucksack. „Zur Feier des Tages", sagte sie, während sie jedem einen Becher in die Hand drückte und danach die Sektflasche öffnete.

„Auf das Leben!" Feierlich erhob Erik seinen Becher, um mit den anderen anzustoßen.

Luka stand dicht neben Yun, so dicht, dass er sie zärtlich an sich zog. Er hatte das Gefühl, sie hatte nur darauf gewartet. Wie selbstverständlich schmiegte sie sich an ihn.

Doch dann ertönte plötzlich und unerwartet der Nachrichtenton seines Smartphones. Yun warf einen Blick auf das Display. Nils hatte ihm eine Sprachnachricht gesendet. Er hielt das Handy an sein Ohr und hörte die Nachricht ab.

„Shit. Irgendetwas musste mit Nils passiert sein, denn die Nachricht wurde mitten im Satz abrupt abgebrochen. Was schlich Nils auch so spät auf dem Hof herum? "

Ungeduldig versuchte er, Nils auf dem Handy zurückzurufen, doch er ging nicht ran. Hoffentlich hatte Udo ihm nichts angetan. Yun musste sofort zurück.

„Hey, tut mir leid, aber ich muss nach Hause!", sagte er nervös. Dabei schüttelte er kurz sein Handtuch aus und knüllte es dann lieblos zusammen.

„Man Yun, es ist doch grad total chillig hier, warum denn jetzt so plötzlich?", fragte Erik.

„Es ist … ein Notfall, wirklich dringend, hat was mit der Arbeit zu tun", log Yun.

Erik und Kerrin waren sich einig, dass sie noch bleiben wollten. Aber Luka war beunruhigt, sie spürte sofort, dass es etwas mit der Sache zu tun haben musste, die Yun ihr im Geheimen anvertraut hatte.

„Hört mal", begann sie, „bleibt ihr doch einfach hier und ich fahre Yun eben nach Hause. Danach komme ich gleich wieder zu euch zurück, einverstanden?"

Yun warf ihr einen dankbaren Blick zu.

Kurzes Schweigen.

„Okay", antwortete Erik. Er kramte die Autoschlüssel aus seiner Hosentasche hervor und gab sie Luka. „Aber schön vorsichtig fahren, klar? Ich hänge an dem Auto!"

Sie lächelte kurz. „Natürlich, bis gleich."

Auf dem Weg zum Parkplatz nahm Luka plötzlich Yuns Hand und hielt ihn an, kurz stehen zu bleiben.

„Was ist denn los?", sie wirkte besorgt.

Yun atmete tief durch, bevor er antwortete. „Nils hat Udo auf dem Hof überrascht. Ich habe Angst, dass ihm etwas passiert ist, denn er konnte seine Nachricht nicht mehr beenden und jetzt geht er nicht an sein Telefon."

Luka stutzte. „Ich wusste ja gar nicht, dass du Nils auch davon erzählt hast."

„Und ich wusste gar nicht, dass du schon Autofahren kannst", konterte Yun mit einem Schmunzeln, doch dann wurde er wieder sehr ernst. „Ja, doch hab ich, erzähl ich dir später."

Sie nickte.

„Ich komme mit dir. Erik und Kerrin kommen auch ohne mich zurecht, ich schreibe ihnen einfach, dass ich sie abhole, wenn sie mir Bescheid sagen", erwiderte sie entschlossen und drehte sich schon zum Gehen um. Aber Yun hielt sie fest.

„Hey, warte mal, ich will nicht, dass du mitkommst.

Keine Ahnung, was mich erwartet. Ich ruf dich an, sobald ich mit Nils gesprochen habe, okay?"

Sie seufzte, „na gut, meinetwegen."

25

Langsam und unter unglaublichen Kopfschmerzen kam Nils wieder zu sich. Seine erste Bewegung war der vorsichtige Griff an seine pochende Schläfe. Er fühlte etwas Warmes, Feuchtes. Er blutete!

„Autsch", flüsterte er, noch immer benommen von dem Schlag, den ihm Udo verpasst hatte.

Wie in Zeitlupe setzte er sich auf und lehnte sich an die kalte, gekachelte Wand hinter sich. Wo hatte Udo ihn hingebracht? Er wollte sich umschauen, aber nur die Drehung des Kopfes löste sofort einen so heftigen Schwindel aus, dass er sich die Hand vor den Mund pressen musste, um den aufkommenden Brechreiz zu unterdrücken.

Was war eigentlich passiert? Langsam kam die Erinnerung zurück. Udo. Er war auf dem Hof mit etwas beschäftigt und ausgerechnet er hatte ihn dabei überrascht. Er wusste doch gleich, dass dieser Udo Dreck am Stecken hatte und ihm nicht zu trauen war. Er hätte ihn beseitigen können, genau wie Volker Ebsen, aber zum Glück hatte er ihn nur k.o. geschlagen.

Nils lauschte. War Udo noch in der Nähe? Nein, es war ganz still, nur in seinem Schädel dröhnte es. Nochmal versuchte er ganz vorsichtig, den Kopf zu drehen. Diesmal ging es schon etwas besser. Es war zwar ziemlich dunkel, aber die weißen Kacheln an der Wand reflektierten ein wenig das schwache Licht der Straßenlaterne, das durch die beiden schmalen, höher gelegenen Fenster in den Raum einfiel.

Er sah Schläuche und ein Waschbecken. Er musste in der alten Milchkammer sein. Ob Udo ihn hier eingeschlossen hatte? Wahrscheinlich, er war ja nicht dumm. Würde er ihn einfach laufen lassen, könnte er ja zur Polizei gehen.

Jetzt fiel ihm sein Handy ein, hektisch tastete er seine Hosentaschen danach ab, aber dort war es nicht. Vermutlich hat Udo es mitgenommen.

Aufzustehen war ihm in seinem jetzigen Zustand unmöglich, dafür fühlte er sich zu instabil, außerdem war die Übelkeit kaum zu ertragen.

Hoffnungslos lehnte er sich zurück an die kalte, trostlose Wand und schloss die Augen. Irgendwann würde er sich bestimmt besser fühlen und bis dahin wollte er einfach nur dasitzen und sich ausruhen.

26

Kurz bevor Luka und Yun beim Hof ankamen, schaltete Luka die Scheinwerfer und den Motor des Kombis aus. So ließ sie den Wagen ausrollen, bis dieser mit einem leisen Quietschen genau vor der Auffahrt zum Stehen kam.

Schweigend saßen die beiden nebeneinander, dann ergriff Yun kurzentschlossen die Initiative und beugte sich zu Luka, um sie zärtlich zu küssen. Sie schloss die Augen und legte ihre Arme fest um seinen Hals, so als wollte sie ihn festhalten. Doch der Kuss dauerte nur einen kurzen Augenblick.

„Fahr ruhig zurück, ich melde mich", sagte Yun, bevor er ausstieg.

Luka nickte. „Sei bloß vorsichtig!"

Sie wartete noch, bis er im Dunkeln nicht mehr zu sehen war, dann erst startete sie den Motor und fuhr ganz langsam und ohne Licht das kleine Stück bis zu ihrer Hauseinfahrt vor, wo sie den Kombi wendete, um zu den anderen zurückzufahren.

Jetzt war Yun auf sich allein gestellt. Gespenstisch lag der verlassene Hof in absoluter Finsternis vor ihm. In der feuchten Luft wimmelte es nur so von Schnaken und Mücken, die unangenehm auf seiner Haut kribbelten und sich mit ihren langen Beinen oder Flügeln in seinen Haaren verfingen.

Schnell zog er sich seinen schwarzen Kapuzenpullover an, um wenigstens seine Arme vor ihren Stichen zu schützen. Über sich hörte er ein erstes leises Donnergrollen und in der Ferne leuchtete ab und zu ein Blitz am Himmel auf. Das angekündigte Gewitter war im Anmarsch.

Auf der Fahrt hatte Yun weiter versucht, Nils auf seinem Handy zu erreichen, aber ohne Erfolg. Sein Roller stand noch immer unter dem Küchenfenster, er musste also noch irgendwo auf dem Hof sein.

Ihn beschlich ein mulmiges Gefühl und für einen Augenblick überlegte er, ob er sich lieber bewaffnen sollte, vielleicht mit seinem großen Küchenmesser, oder mit dem Schürhaken, der neben dem alten Kamin an der Wand hing. Aber dann besann er sich. Nein, mit Gewalt wollte er keine Konflikte lösen. Würde es tatsächlich zu einer brenzligen Situation kommen, würde ihm schon irgendetwas anderes einfallen.

Dann machte er sich auf die Suche nach Nils. Lautlos und die Kapuze seines schwarzen Hoodies tief ins Gesicht gezogen, schlich er sich an der gemauerten Wand des alten Wohnhauses entlang, bis er das Ende des angrenzenden Stalls erreichte. Dort presste er seinen Rücken dicht an die Mauer und wagte einen zaghaften Blick um die Gebäudeecke.

Zuerst sah er fast nichts. Seine Augen brauchten einen Moment, um sich an die Dunkelheit zu gewöhnen, aber dann konnte er die Umrisse der hinteren Gebäude erkennen und entdeckte auch den alten Transporter, der wieder genau an derselben Stelle vor dem Stall geparkt war, in dem er sich damals versteckt hatte. Udo war also noch da, schlussfolgerte er und sein Herz schlug unwillkürlich schneller. Wie ein böses Omen, hallte zeitgleich ein kräftiger Donnerschlag durch den Himmel und er zuckte erschrocken zusammen.

Wieviel Zeit war eigentlich vergangen, seit Nils ihm die Sprachnachricht geschickt hatte? Yun holte sein Handy hervor. Um zehn Uhr achtundvierzig war die Nachricht bei ihm eingegangen. Jetzt war es Viertel nach elf, es war also erst eine halbe Stunde her.

Plötzlich hörte er etwas. Wie angewurzelt blieb Yun stehen und starrte konzentriert in die vor ihm liegende Dunkelheit. Er hielt den Atem an und versuchte die genaue Richtung auszumachen, aus der das Geräusch kam. In geduckter Haltung schlich er vorsichtig darauf zu. Plötzlich sprang der Bewegungsmelder vor dem Tor des Stallgebäudes an, das ungefähr fünfzehn Meter entfernt vor ihm lag. Aber warum? Er sah niemanden, der ihn ausgelöst haben könnte.

Schnell huschte er das kurze Stück bis zum großen Futtersilo vor, um dort in Deckung zu gehen. Schweiß bildete sich auf seiner Stirn. Jetzt war er nur noch wenige Meter vom Geräusch entfernt. Im Licht des Strahlers, der über der Stalltür hing, sah er die hölzerne Abdeckplatte der Güllegrube. Sie war zur Seite geschoben, daneben eine große Schubkarre. Dann konnte er beobachten, wie eine Person aus der Grube nach oben kletterte. Sie trug einen Schutzanzug und eine Gasmaske, genau so, wie Lukas Mutter es beschrieben hatte. Durch die Maske konnte Yun das Gesicht nicht erkennen, aber an der Statur und der Art, wie sich der Mann bewegte, wusste er sofort, dass es Udo war.

Der Sack mit dem Leichnam hatte also die ganze Zeit über in der Güllegrube gelegen. Oh man, warum war er da nicht schon früher drauf gekommen? So oft war er bei seiner Suche darüber hinweggelaufen.

Yun überlegte, was er jetzt tun sollte. Aber er konnte keinen klaren Gedanken fassen. Deshalb tat er erstmal nichts und beobachtete weiter, was Udo als nächstes tun würde. Wie gebannt verharrte er im Schatten des Futtersilos und verfolgte jede seiner Bewegungen.

Jetzt griff Udo nach dem großen Haken, der neben ihm auf dem Boden lag und stocherte damit in der Grube herum. Wenige Sekunden später schien er das Big Bag am Haken zu haben. Er ging auf die Knie, beugte sich vor und griff den Sack am zusammengebundenen Ende, um ihn nach oben zu ziehen. Doch das funktionierte nicht, denn er hatte sich mit Gülle vollgesogen und war viel zu schwer. Fluchend ließ Udo sich ein weiteres Mal in die Güllegrube gleiten und probierte nun, den Sack von unten aus der Grube herauszuheben. Stück für Stück gelang es ihm, das triefende braune Bündel auf den Betonboden zu schieben. Schließlich warf er das letzte Ende mit Schwung und unter größtem Kraftaufwand über die Grubenkante. Beim Aufprall ertönte ein klatschendes Geräusch, ähnlich dem, als würde man ein großes, nasses Handtuch auf den Boden werfen. Dann öffnete Udo den Sack.

Yun hielt vor Anspannung den Atem an. Beide Hände an die Schultern des Leichnams gekrallt, zerrte Udo langsam einen toten, aufgeblähten menschlichen Körper heraus. Ein Schwall von beißendem Güllegeruch, übertroffen vom starken süßlichen Gestank der Verwesung, zog bis zu Yun herüber und er steckte seine Nase hastig in den Ausschnitt seines Hoodies.

In diesem Moment war er froh, dass er nur die schemenhaften Umrisse des toten Körper erkennen konnte, denn der aufgedunsene, schon verwesende Leichnam wäre bestimmt ein schrecklicher Anblick.

Völlig außer Atem riss Udo sich hektisch die Maske vom Kopf und schmiss sie hustend und würgend in die neben der Grube stehende Schubkarre. Dann übergab er sich. Gebückt, beide Hände auf die Oberschenkel gestützt und von Yun abgewandt, blieb er für einen Augenblick reglos stehen.

Yun wollte versuchen, sich unbemerkt wieder etwas zurückzuziehen, aber dann tat Udo etwas, womit er in diesem Moment nicht gerechnet hatte. Er kam direkt auf ihn zu. Hatte er ihn bemerkt?

Hektisch sah er sich zu allen Seiten um. Da entdeckte er die Schlauchtrommel und den kleinen Wasserhahn an der Wand direkt neben sich. Wahrscheinlich wollte Udo die Gülle von seinem Anzug und vielleicht auch vom Sack und der Leiche abwaschen. Gleich hatte er Yun erreicht und dann würde er ihn sehen.

Fieberhaft suchte er nach einem Ausweg, aber die aufsteigende Panik machte ihm das Nachdenken unmöglich. Schließlich übernahm der Instinkt sein weiteres Handeln. Flucht. Das war seine einzige Option.

Schnell sprang er auf und rannte los. Aber seine Entscheidung kam zu spät. Udo war ihm schon viel zu nah gekommen und er reagierte blitzschnell. Mit großen Schritten folgte er ihm und es dauerte nur einige Sekunden, bis er dicht genug war, um nach Yuns Kapuze zu greifen. Der heftige Ruck am Hals schnürte ihm kurz die Luft ab und zwang ihn dazu, stehen zu bleiben. Wild schlug er um sich, dann drehte er sich geschickt um sich selbst, so dass er dabei Udos Arm verdrehte und dieser seine Kapuze loslassen musste. Er war wieder frei. Mit einem nachfolgenden, kräftigen Tritt in die Magengegend konnte Yun seinen Gegenspieler für den Augenblick außer Gefecht setzen.

Ziellos begann er erneut loszurennen, diesmal aber in die andere Richtung, Hauptsache weg, das war sein einziger Gedanke. Fast wäre er noch über den Leichnam gestolpert, der plötzlich im hellen Schein des Außenstrahlers vor ihm lag. Wie in Trance warf er im Vorbeirennen einen kurzen Blick auf das Gesicht des Toten. Die Gesichtszüge waren unnatürlich und wachsartig verzerrt, die offenen Augen braun zugelaufen und der nur noch teilweise mit Haut überzogene Kopf aufgebläht und seltsam verformt. Diesen Anblick würde Yun nie wieder vergessen und auch nicht den schrecklichen Gestank, der in unmittelbarer Nähe des toten Körpers kaum zu ertragen war.

Während Udo sich noch gekrümmt den Magen hielt und durch den Schmerz abgelenkt war, erreichte Yun den alten Transporter. Kurz ging er dahinter in Deckung.

Während er sich verzweifelt umsah und überlegte, wo er sich am besten verstecken konnte, streifte sein Blick auch das offene Seitenfenster und blieb automatisch auf dem kleinen geheimnisvollen Päckchen hängen, das greifbar nahe auf dem Beifahrersitz lag.

Ohne Nachzudenken griff Yun danach, klemmte es unter seinen Arm und rannte damit auf das nächstgelegene Stallgebäude zu. Schnell schob er die Tür einen Spalt auf und huschte hinein. Im Inneren war es stockfinster. Sein Herz schlug so heftig gegen seine Brust, dass er das Gefühl hatte, es würde gleich zerspringen. Die Augen geschlossen tief einatmend versuchte er, sich etwas zu beruhigen, um wieder denken zu können. Doch viel Zeit zum Verschnaufen blieb ihm nicht.

Vorsichtig tastete er sich an den Begrenzungsgittern der einzelnen Boxen entlang weiter nach hinten, da hörte er draußen auch schon Udos Schritte, die unaufhaltsam näher kamen.

Hastig kletterte er durch die dicken Metallgitter und schob sich respektvoll an den großen Tieren vorbei, als sich auch schon die Schiebetür langsam öffnete. Das Geräusch, wie sie über die Bodenschiene rutschte, ließ einige der jungen Bullen unruhig werden, auch die, bei denen Yun sich versteckte.

Ganz leise hockte er sich, mit dem Rücken eng an die schmutzige Stallwand gepresst, in die hinterste Ecke der Box und horchte in die Finsternis. Ganz langsam hörte er Udos Schritte näher kommen.

„Yun?" Seine laute Stimme hallte durch den Stall und ließ Yun erstarren. Udo spielte jetzt nicht mehr. Aber war das noch wichtig?

Plötzlich erhellte ein Lichtkegel den dunklen Raum. Udo hatte seine Handylampe eingeschaltet und leuchtete nun Box für Box ab, um ihn aufzuspüren. Nur noch wenige Meter trennten ihn von Yuns Versteck. Gleich würde er ihn entdecken.

Yun begann zu schwitzen. Hier konnte er nicht bleiben. So leise es ihm möglich war, stieg er durch die Trennstäbe von Box zu Box, dicht an der gekalkten Wand entlang, bis ganz ans Ende des Gebäudes. Hier stand noch immer der kleine Traktor mit dem angekoppelten Futterwagen. Er entschloss sich, das Päckchen vorerst in der letzten Box, gut versteckt unter einem Haufen schmutzigen Strohs zurückzulassen. Später würde er zurückkommen, um es zu holen.

„Komm endlich raus, ich finde dich sowieso!", versuchte Udo ihn keuchend hervorzulocken, während Yun sich bereits hinter den Traktor geschlichen hatte und über den rostigen Kotflügel in den Futterwagen kletterte. Zur Hälfte war dieser noch mit Silage gefüllt, in die er sich nun hineinlegte. Durch hin und her schlängelnde Bewegungen seines Körpers schaffte er es, sich fast komplett darin einzugraben.

Udo war jetzt schon ganz nah und er wurde wütend. Mit dem Haken, den er in der anderen Hand hielt, schlug er mehrmals kräftig auf den Betonboden.

„Junge, komm raus, verdammt nochmal!"

Yun haderte mit sich. Er hätte Udo gerne zur Rede gestellt, aber dazu fehlte ihm in diesem Moment nach allem, was er da draußen eben gesehen hatte, der Mut.

Sorgfältig bedeckte er sein Gesicht mit der Silage und wartete. Es dauerte nicht lange, da spürte er, wie der Futterwagen leicht zu wackeln begann. Udo war jetzt ganz nah. Yun kniff fest die Augen zu und hielt den Atem an. Bitte bitte lieber Gott, lass mich unentdeckt bleiben, dachte er bei sich, als er durch die Augenlider den hellen Schein der Lampe wahrnahm. Nur ganz kurz, dann wurde es wieder dunkel. Als der Futterwagen nochmal kurz wankte, wusste Yun, dass Udo wieder abgestiegen war.

Diesmal hatte er ihn nicht entdeckt. Die Schritte entfernten sich. Erleichtert atmete er auf.

„Wie du willst, Yun, aber du hast keine Beweise gegen mich. Überleg dir jetzt gut, was du als nächstes tust, denn du kannst dich nicht ewig vor mir verstecken!", das waren Udos letzte Worte, dann zog er die Stalltür hinter sich zu.

Mit noch zittrigen Knien kletterte Yun aus dem Futterwagen und rannte den Gang hinunter. Er versuchte die Tür aufzuschieben, aber es ging nicht, Udo hatte sie von außen mit irgendetwas blockiert. Verzweifelt rüttelte er daran.

„Shit, so durfte es nicht enden. Er musste raus, Nils suchen. Endlich die Wahrheit erfahren."

Niedergeschlagen lehnte er sich gegen die Tür und lauschte dem einsetzenden Regen, der langsam stärker werdend, auf das Blechdach des Stallgebäudes trommelte. Da fiel ihm das Päckchen wieder ein. Schnell holte es aus dem Versteck hervor. Im Mittelgang kniete er sich hin und befreite es grob vom Kuhmist, um es zu öffnen. Das Paketklebeband hatte sich teilweise schon etwas abgelöst, so dass es ganz einfach war, es aufzureißen. Langsam klappte er im Licht seines Smartphones die Kartondeckel auseinander.

Nur zwei Dinge lagen darin: eine kleine, alte Videokassette, vielleicht passend zu einem Gerät aus den achtziger Jahren und ein Brief. Vorsichtig zog Yun den Brief aus dem Umschlag und faltete ihn auseinander. Die Handschrift war krakelig und schlecht zu entziffern:

GESTÄNDNIS
Hiermit gestehe ich, Fred Sönksen, meine Mitschuld
am Tod von Heiner Bach. Ich bedauere mein damaliges
Verhalten sehr und hoffe, Gott möge mir meine Sünde
verzeihen. Ich selbst kann es leider nicht.
Anbei eine Videoaufzeichnung als Beweis.

Unterzeichnet Fred Sönksen

Yun war enttäuscht. Kein Wort von Udo und auch kein Wort von Volker Ebsen. Nur der Brief allein reichte für Yun nicht aus, um den Zusammenhang zwischen der Leiche und dem Päckchen zu erkennen. Sicher würde er mehr wissen, wenn er sich das gefilmte Material auf der Videokassette ansehen könnte, aber er kannte niemanden, der ein so altes Abspielgerät hatte. Und auch wenn, half ihm das jetzt gerade nicht wirklich weiter. Er legte beides zurück in den Karton, schlug ihn wieder zu und versuchte noch einmal mit all seiner Kraft, die verriegelte Tür zu öffnen. Doch es gelang ihm nicht.

Wenige Minuten später hörte er das Aufheulen des Motors, dann das knirschende Geräusch von Reifen auf dem Schotter. Udo war entkommen.

27

Ein lauter Donnerschlag riss Nils aus dem leichten Schlaf, in den er unbewusst gefallen war. Das Unwetter hatte den Ort fast erreicht, zwischen Blitz und Donner lagen jetzt nur noch wenige Sekunden. Draußen begann es zu regnen, zuerst noch ganz zaghaft, aber schnell wurde der Regen stärker und Nils hörte die dicken Tropfen gegen die oberen Fensterscheiben klopfen.

Wie lange hatte er wohl geschlafen? Draußen war es noch immer finstere Nacht. Die Kopfschmerzen hatten schon ein wenig nachgelassen und ihm war auch nicht mehr ganz so schwindelig. „Vielleicht würde es jetzt mit dem Aufstehen klappen", dachte er.

Ganz vorsichtig drehte er sich in den Vierfüßlerstand, stellte ein Bein auf und drückte sich mit etwas Schwung vom Boden ab, dabei stützte er sich mit der linken Schulter an die Wand. Kurz wurde ihm schwarz vor Augen, aber dann stabilisierte sich sein Kreislauf und er stand.

Langsam hangelte er sich an der kalten, schmutzigen Kachelwand entlang, bis er die vordere Tür erreichte. Er atmete noch einmal tief durch, bevor er es wagte, die Klinke herunterzudrücken. Doch seine Befürchtung bestätigte sich, die Tür ließ sich nicht öffnen, da nützte auch das mehrmalige Rütteln am Türgriff nichts.

Udo hatte ihn eingeschlossen.

Nils tropfte der Schweiß von der Stirn, der Raum hatte sich von der tagelangen Wärme aufgeheizt und die Luft war stickig. Mit schnellen Handbewegungen versuchte er, die vielen Fliegen zu verscheuchen, die sich hartnäckig an seine klebrige Haut hefteten.

„Wenn er in der Milchkammer war, dann musste es doch eine Durchgangstür zum Kuhstall geben", überlegte er. Vorsichtig tastete er sich zur anderen Seite des Raumes vor. Draußen regnete es noch immer in Strömen und für den Bruchteil einer Sekunde fiel das grelle Licht eines Blitzes durch die oberen Fenster und erhellte den Raum. Das reichte Nils, um die Tür zum Stall ausfindig zu machen.

Dass es noch diese zweite Tür gab, hatte Udo entweder nicht gewusst, oder im Eifer des Gefechts schlichtweg vergessen. Wie auch immer, sie war offen und Nils endlich wieder frei. Er durchquerte den Stall und näherte sich, noch immer etwas wacklig auf den Beinen, dem großen Schiebetor.

Vorsichtig spähte er durch den schmalen Spalt zwischen Tor und Stallwand nach draußen. Als Nils sich sicher war, dass Udo den Hof verlassen hatte, trat er erleichtert ins Freie.

Er hob den Kopf und hielt sein Gesicht in den erfrischenden Regen. Schnell war er bis auf die Haut nass, doch die Abkühlung tat ihm gut und nach und nach füllten sich sein Körper und auch sein Geist wieder mit Leben.

Er sah sich um und ging dann zögerlich auf die Stelle zu, an der er Udo das erste Mal gesehen hatte. Viel war dort allerdings in der Dunkelheit nicht zu sehen. Der Regen hatte die letzten zurückgebliebenen Spuren vermutlich auch schon weggewaschen. Aber die Güllegrube hatte Udo nicht wieder abgedeckt. Mit angeekeltem Gesicht beugte sich Nils über das schwarze Loch und sah hinein. Schwarz, es war einfach nur schwarz und es stank.

Wieder erhellte sich der Himmel durch einen grellen Blitz und gleich darauf hallte ein gewaltiges Donnern durch den Himmel, das Nils zusammenzucken ließ.

Doch er hörte noch etwas anderes. In einem der Stallgebäude erklang heftiges Poltern. Nils folgte dem Geräusch. Als er direkt vor dem Tor stand und der Bewegungsmelder ansprang, sah er den langen Holzstiel, der von außen so in den Griff gesteckt worden war, dass er die Tür blockierte. Nochmal schlug jemand von innen kräftig gegen das Tor und ruckelte daran.

„Hallo?" Unsicher wartete Nils auf eine Antwort.

„Nils? Bist du das? Ich bin's Yun! Bist du okay?"

Schnell entsperrte Nils das Tor und schob es auf. Beide fielen sich glücklich in die Arme.

„Oh, man, ich bin so froh, dass es dir gut geht!" sagte Yun erleichtert.

Nils lächelte. „Naja, schau mal hier", er drehte Yun seine Schläfe zu. „Dein Udo hat mir ganz schön eine übergezogen. Ich war sogar ohnmächtig!"

Mit ernstem Gesicht kam Yun dichter und sah sich im Licht die Platzwunde an.

„Uh, das sieht echt übel aus, du solltest nach Hause gehen und es verbinden. Ich würde dir ja helfen, aber erstmal muss ich Udo folgen. Noch kann ich es schaffen, aber ich brauche deinen Roller."

Nils stöhnte. „Sag mal Yun, hast du noch nicht genug? Du siehst doch, was passiert, wenn ihm jemand in die Quere kommt! Lass uns zur Polizei gehen. Die kümmern sich dann schon um ihn."

„Du verstehst das nicht", begann Yun verzweifelt, „bis die Polizei hier ist und wir ihnen alles erklärt haben, hat er die Leiche wahrscheinlich schon längst verschwinden lassen. Sein nächstes Versteck wird besser sein, glaub mir. Außerdem fehlen uns die Beweise. Da steht dann unsere Aussage gegen seine."

Dass Udo ihn erkannt hatte, sagte er Nils lieber nicht, um ihn nicht noch mehr zu beunruhigen.

Aber Nils verstand Yuns Absichten nicht und versuchte weiter, ihn umzustimmen.

„Und was willst du machen, wenn du ihm dann gegenüber stehst? Gegen ihn kannst du gar nichts ausrichten, er ist viel kräftiger und größer als du. Und skrupellos!" Bei diesem Wort zeigte er mit dem Zeigefinger demonstrativ auf seine verletzte Schläfe. „Lassen wir es doch einfach gut sein! Das alles geht uns sowieso nichts an und ich möchte auch nicht die nächste Leiche sein!"

„Ich kann nicht einfach so tun, als wäre das alles nie passiert!", erwiderte Yun aufgebracht. „Was ich mache, wenn ich Udo gegenüber stehe, weiß ich auch noch nicht, aber ich glaube, ich weiß, wo er die Leiche hinbringen wird. Komm schon, lass mich deinen Roller nehmen, bitte!"

„Na gut, du hörst ja eh nicht auf mich. Du kannst den Roller nehmen – ausnahmsweise – aber den Schlüssel musst du noch suchen, ich muss ihn gestern Abend irgendwo bei dir im Wohnzimmer liegen gelassen haben. Und sei bloß vorsichtig, dem Typ ist alles zuzutrauen!"

Dankbar klopfte Yun ihm im Vorbeigehen noch auf die Schulter, dann sprintete er auch schon Richtung Wohnung davon.

„Du hast was gut bei mir!", rief er noch, bevor er im prasselnden Regen verschwand.

28

„Sein altes Fischerboot", schoß es Yun durch den Kopf. Wäre er an Udos Stelle, würde er damit rausfahren und die Leiche im Meer versenken. Schön weit draußen, an einer besonders tiefen Stelle und beschwert mit einem Betonklotz. Yun glaubte, dass das auch Udos Plan sein könnte. Ein Versuch war es allemal wert.

Das Boot lag in einem Hafen direkt vor einer Schleuse. Udo hatte den Namen des Liegeplatzes erwähnt, doch er wollte Yun nicht mehr einfallen. Es war irgendwo direkt in den Reußenkögen, daran erinnerte er sich noch. R-e-u-ß-e-n-k-ö-g-e, Yun gab das Wort im Suchfeld bei Google ein und gleich die erste Antwort darauf war ein Volltreffer: Sönke-Nissen Koog, genau so hieß auch das Siel, das Udo erwähnt hatte.

Tatsächlich hatte Nils den Rollerschlüssel am Abend zuvor auf dem Couchtisch liegen gelassen.

Schnell steckte Yun ihn ein. Auf seinem Weg zum Roller rief er schonmal den Routenplaner seines Handys auf. Der Hafen war genau dreizehn Kilometer entfernt. Bei Vollgas könnte er die Strecke in ungefähr einer viertel Stunde schaffen und Udo so mit etwas Glück vielleicht noch einholen. Das Päckchen nahm er sicherheitshalber mit, vielleicht würde er es noch brauchen. Er klemmte es auf dem Gepäckträger des Rollers fest und nahm entschlossen die Verfolgung auf.

Durch den Regen waren die Staub verschmutzten Straßen schmierig geworden und immer dann, wenn Yun größere Pfützen durchquerte, verloren die Reifen zeitweise ihren Grip und er musste aufpassen, nicht wegzurutschen und zu stürzen.

Noch immer gewitterte es heftig und der Regen prasselte vom Himmel herunter, als würde es kein Morgen mehr geben. Schon als Yun den Ort verließ, war er nass bis auf die Knochen. Sein Pullover und die Hose klebten wie eine zweite Haut an seinem Körper und die Regentropfen in seinem Gesicht machten es ihm zunehmend schwerer, die Wegbeschreibung auf seinem Handy abzulesen, immer wieder musste er kurz anhalten, um den Bildschirm abzuwischen.

Bedrohlich wirkend ragten die Schatten der riesigen Windkraftanlagen neben der Straße in den blauschwarzen Himmel empor, als er durch die einsamen Felder Richtung Nordsee fuhr. Nur noch verschwommen konnte Yun in seinem von Regen und Dunkelheit verschleierten Sichtfeld die vorbeiziehende Landschaft und die großen Bauernhöfe wahrnehmen.

Das gleichmäßige Brummen des Rollermotors und das Surren des Fahrtwindes in seinen Ohren versetzen ihn in eine Art Trancezustand. Seine Gedanken kreisen um Udo, dem er trotz aller Umstände einfach keinen Mord zutrauen wollte. Doch immer wieder drängte sich das Bild des Leichnams in seinen Kopf, das wie eingebrannt in seiner Erinnerung bleiben würde und ihn an Udos Unschuld zweifeln ließ.

Yun wollte das Ganze verstehen. Er wollte, dass die einzelnen Puzzleteile sich sinnvoll zusammenfügen, und vorallem musste er einfach wissen, ob Udo ein Mörder war, nur so konnte er mit der Sache für sich abschließen. Doch ohne Udos Hilfe war das unmöglich.

Nach ungefähr zehn Minuten Fahrt, in der er dem alten Roller alles abverlangt hatte, was möglich war, leuchteten in der Ferne plötzlich zwei Rücklichter auf.

Schnell schaltete er den Scheinwerfer des Rollers aus, damit er sich dem Transporter unbemerkt nähern konnte. In sicherem Abstand folgte er ihm.

Sie fuhren noch ein Stück auf der Hauptstraße entlang, die parallel zum Deich verlief, bis die Rücklichter auf einmal im Nichts verschwanden. Udo war nach rechts abgebogen. Yun hatte sich also nicht getäuscht, er wollte zu seinem Boot.

Ab jetzt waren es nur noch wenige Hundert Meter, dann hatten sie den Hafen und die Schleuse erreicht.

Um den Abstand wieder etwas zu vergrößern, ließ Yun sich ein Stück zurückfallen, denn der Transporter wurde nun langsamer.

Vor einem großen Metalltor blieb er stehen. Yun beobachtete, wie Udo ausstieg und das Tor aufschloss. Nachdem er durchgefahren war, schloss er es wieder hinter sich.

Vorsichtig näherte sich jetzt auch Yun dem Tor, das mit einem dicken Schloss gesichert war. Natürlich hatte Udo einen Schlüssel, denn er war ja Pächter eines Bootsstellplatzes. Doch man konnte auch ohne Schlüssel das Tor passieren. Direkt daneben gab es noch eine kleine grüne Holzpforte für Fußgänger und Radfahrer. Obwohl der Roller leicht durch die kleine Tür gepasst hätte, entschied sich Yun, ihn am Zaun abzustellen und das letzte Stück bis zum Siel zu Fuß zu gehen.

Erst jetzt fiel ihm auf, dass es aufgehört hatte zu regnen. Das Gewitter war weitergezogen und nur ab und zu konnte Yun noch ein leises Grummeln hören. Der Transporter fuhr bis zum Schleusenhäuschen vor, dann erloschen die Rücklichter.

Noch war die Entfernung zu groß, um Udos weiteres Vorgehen beobachten zu können.

Yun warf einen Blick auf sein Smartphone, es war gerade mal kurz nach Mitternacht.

Ohne Vorwarnung erlosch auf einmal das Licht des Displays. „Oh, bitte nicht jetzt", dachte Yun verärgert, „Akku leer, wieso passiert sowas immer dann, wenn man es am wenigsten gebrauchen kann."

Er steckte sein Handy zurück in die Hosentasche.

Die Luft roch nach Schlick und Nordsee, leicht faulig und ein wenig fischig, aber auch nach Schafskot, der überall auf dem Weg lag. Neben sich am Deichhang bemerkte Yun einige Schafe, die schlafend dicht nebeneinander im kurzen Gras lagen. Manche von ihnen standen auch mitten auf dem Weg vor ihm und starrten ihn an. Ängstlich wichen sie zur Seite aus, als er sich ihnen näherte.

Noch zwanzig Meter, dann hatte er die Schleuse erreicht.

Der Transporter parkte direkt neben der kleinen Treppe, die neben dem Schleusenhäuschen über den Deich auf die Meerseite führte. Yun stand jetzt genau davor und blickte in den offenstehenden schwarzen Laderaum. Er meinte den ekligen Geruch von Verwesung wahrnehmen zu können, aber sehen konnte er nichts.

Vorsichtig wagte er noch einen weiteren Schritt auf die Öffnung zu, dann beugte er sich vor. Der Gestank war jetzt allgegenwärtig. Den aufkommenden Würgereiz konnte er gerade noch unterdrücken, indem er sich hastig den Unterarm fest gegen seine Nase drückte. Aber der Laderaum des Transporters war leer. Udo musste den Leichnam schon auf die andere Seite des Deiches geschafft haben, doch er selbst war nirgends zu sehen.

Gerade als Yun auf die schmale Treppe zulaufen wollte, trat er plötzlich aus dem Schatten des Gebäudes hervor. Sein Gesicht blieb im Dunklen verborgen, so dass Yun seinen Ausdruck nicht sehen konnte.

Wie angewurzelt blieb er stehen.

„Warum steckst du deine Nase in Angelegenheiten, die dich nichts angehen?", fragte Udo im einschüchternden Tonfall, dabei trat er einen Schritt auf Yun zu. „Gib mir dein Handy." Er streckte die Hand aus.

Langsam wich Yun vor ihm zurück, seine Knie zitterten und sein Puls raste.

„Warum hast du Volker Ebsen umgebracht? Er war es doch, oder?", fragte er, zitternd vor Erregung.

Doch Udo antwortete nicht, stattdessen trat er noch einen weiteren Schritt auf ihn zu.

„Ich habe das Päckchen", begann Yun mit unsicherer Stimme. „Es ist an einem sicheren Ort versteckt, den nur ich und Nils kennen. Wenn ich heute Nacht nicht zurückkomme, wird er damit gleich morgen früh zur Polizei gehen!", bluffte Yun. Inständig hoffte er, dass der Inhalt des Päckchens von so großer Bedeutung für Udo sein würde, dass er aufgeben und ihm alles erzählen würde, doch er schien völlig unbeeindruckt.

Beide Arme weit ausgebreitet, bewegte er sich weiter auf Yun zu und versperrte ihm so den Weg zurück. Immer weiter wich Yun rückwärts und bemerkte dabei nicht, dass Udo ihn in eine Sackgasse trieb. Links von ihm befand sich ein hoher Stacheldrahtzaun, der verhindern sollte, dass die Schafe ins große Auffangbecken stürzen konnten und rechts begrenzte ihn das grüne Eisengeländer, mit dem die Schleuse zur Sicherheit eingefasst war.

Nun hatte Yun seine ausweglose Situation erkannt und Panik stieg in ihm auf. Gleich hatte er das Ende der betonierten Fläche erreicht, hinter der das Meerwasser mit lautem Getöse durch die Schleuse zurück in die Nordsee strömte.

„Gib mir jetzt dein Handy", wiederholte Udo, dieses Mal klang es deutlich energischer.

Nur noch wenige Schritte trennten die beiden voneinander, als Udo plötzlich auf ihn zusprang, um ihn zu packen. Erschrocken machte Yun einen großen Schritt zurück, dabei trat er ins Leere, taumelte und stürzte dann rückwärts die steile Steinböschung hinab. Der harte Aufprall mit dem Rücken auf die kantigen Steine ließ ihn vor Schmerz kurz aufschreien. Eine Sekunde später landete er im schwarzen Meerwasser.

Sofort wurde er von der Unterströmung in die Tiefe gezogen. Er hielt die Luft an. Im nächsten Augenblick spürte er, wie seine Knie kurz auf den rauen von Muscheln und Steinen besetzten Boden aufschlugen. Er versuchte, sich mit den Füßen vom Grund abzustoßen, doch sein Körper wurde unter Wasser einfach vom Strom mitgerissen. Kurz öffnete er die Augen, um seine Orientierung wiederzufinden, aber das Salzwasser brannte wie Feuer.

Die Luft in seinen Lungen wurde knapp. Mit starken Schwimmzügen, in die er seine ganzen Kräfte steckte, versuchte er nach oben zu schwimmen.

Endlich gelang es ihm und er gelangte keuchend und hustend an die Oberfläche. Sein Pullover und seine Schuhe hatten sich mit Wasser vollgesogen und so musste er mehr Energie aufbringen, um sich oben zu halten. Um ihn herum war es schwarz. Er befand sich jetzt mitten im Innern des Schleusengewölbes, genau unter dem Sielhäuschen, das mitten auf dem Deich stand.

Erfasst vom heftigen Sog der zurück ins Meer strömenden Flut wurde Yun in hohem Tempo durch den dunklen Sieltunnel gezogen. Durch den starken Regen war die Menge des Wassers, das durch die Schleuse floss, besonders groß und der Platz bis zu der aus Steinen erbauten, gewölbten Schleusendecke betrug nur noch ungefähr fünfzig Zentimeter.

An den dunklen Mauern bewegte sich etwas. Es sah so aus, als würden die Wände leben. Waren es große Krebse und andere krabbelnde Meeresbewohner, die sich hier unten im Schutz der Dunkelheit zu Hunderten sammelten, um die Flut abzuwarten? Es war zu dunkel, um es genau erkennen zu können. „Wahrscheinlich war das auch besser so", dachte er.

Immer lauter hallte das Rauschen von tosendem Wasser durch das schwarze Gewölbe. Vor ihm, am Ausgang der Schleuse, türmten sich die Wassermassen zu einer wild aufschäumenden, weiß-bläulichen Wand auf. Unaufhaltsam steuerte Yun direkt darauf zu. Würde er jetzt am Geländer der Schleuse stehen, um die Verwandlung schwarzen Meerwassers in eine hell leuchtende Gischt von oben zu betrachten, dann wäre er sicher fasziniert von der Schönheit des Schauspiels, aber mittendrin zu sein, darin wahrscheinlich unterzugehen und im schlimmsten Fall sogar zu ertrinken, versetzte ihn in Todesangst.

Er drehte sich auf den Bauch, streckte seine Arme zur Seite aus und versuchte verzweifelt irgendwo an der Schleusenwand Halt zu finden. Dabei spürte er, wie er Krebse von der Wand löste, aber er fand nichts, an dem er sich hätte festklammern können. Stattdessen schnitt er sich an den am Beton anhaftenden, scharfkantigen Muscheln und Seepocken die Hände auf, doch den Schmerz spürte er kaum noch, so voll Adrenalin war sein Körper.

Im nächsten Moment erfasste ihn auch schon ein starker Strudel und riss ihn unter Wasser.

Schnell und völlig unkontrolliert wirbelte sein Körper durch die dunklen Fluten. Salzwasser drang in die Ohren und brannte in seiner Nase. Umgeben von tausenden kleinen Luftbläschen und leuchtenden Plankton wurde er wieder von einem Wirbel erfasst und in die Tiefe gerissen. Er versuchte gegen den Sog anzuschwimmen, doch die Kräfte die an ihm zerrten waren zu stark.

Neue Strudel erfassten seinen Körper und er blieb gefangen. Der Drang, den Mund zu öffnen und einzuatmen, wurde unwiderstehlich groß.

„Jetzt würde er ertrinken", dachte er bei sich, während er spürte, wie sich seine Wahrnehmung langsam trübte. Der Mangel an Sauerstoff in seinem Gehirn versetzte ihn in einen rauschartigen Zustand, er öffnete die Augen. Helles, warmes Licht umhüllte ihn wie ein schützender Mantel, er war von einem überwältigenden Gefühl der absoluten Zufriedenheit erfüllt und ihn überkam das starke Bedürfnis, sich dieser Illusion gänzlich hinzugeben. Ohne Widerstand überließ er sich der Strömung, in der schwachen Hoffnung, sie würde ihn von selbst wieder loslassen. Doch da ging plötzlich ein heftiger Ruck durch seinen Körper.

In der allerletzten Sekunde, kurz bevor Yun das Bewusstsein verlor, spürte er, wie er an seinem Pullover festgehalten und nach oben an die Wasseroberfläche gezogen wurde. Die Augen und den Mund weit aufgerissen, tauchte er auf und nahm endlich den ersehnten tiefen Atemzug. Schnell füllte sich seine Lunge wieder mit frischem Sauerstoff.

Hustend und völlig entkräftet ließ er sich von Udo durch den Schlick ans Ufer ziehen, dabei war es ihm egal, dass er ihm in diesem Moment komplett ausgeliefert war. Er lebte noch und nur das zählte.

Immer leiser wurde der Klang des tosenden Wassers, das sich in die offene Nordsee ergoss, bis es nur noch ein Rauschen in der Ferne war.

Udo legte Yun behutsam auf der Salzwiese vor den Ankerpfählen ab, an denen die kleinen Segelboote festgezurrt waren. Er schob ihm seinen Pullover unter den Kopf und bedeckte den zitternden Körper mit einer alten Wolldecke, die er schnell von seinem Boot geholt hatte. Schweigend setzte er sich neben ihn.

29

Es dauerte noch einige Minuten bis Yun realisierte, was gerade mit ihm passiert war.

Der Geruch von Zigarettenqualm zog ihm in die Nase und ließ ihn wieder zu sich kommen. Noch etwas benommen richtete er sich aus dem Liegen auf und sah sich um.

Neben ihm im kurzen Salzwiesengras saß Udo, die Arme um die Knie gelegt, eine qualmende Zigarette im Mundwinkel und starrte hinaus aufs Meer. Seine Hose und das T-Shirt waren klitschnass und seine nackten Füße waren voller Schlick. Um Yun aus dem Meer zu fischen, musste er sich selbst in die Fluten gestürzt haben. Neben ihm lag noch der große Haken, mit dem er ihn vermutlich an die Wasseroberfläche gezogen hatte.

Yun räusperte sich. Der bittere Geschmack von Salzwasser lag ihm noch auf der Zunge und er spuckte neben sich, um ihn loszuwerden.

Wegzulaufen kam ihm nicht in den Sinn, dazu gab es auch keinen Anlass mehr, denn Udo hatte ihm gerade das Leben gerettet, was hatte er also noch vor ihm zu Befürchten?

Beide schwiegen noch einen Augenblick, bevor Udo mit ruhiger Stimme zu sprechen begann.

„Hier am kleinen Bootshafen bin ich schon früher als

Jugendlicher oft mit meinen Freunden gewesen. Wir hatten viel Spaß, sind sogar, fast wie du gerade, mit einem alten Treckerreifen durch die Schleuse gefahren", immer noch blickte Udo Richtung Horizont, wo das schwache Mondlicht sich auf der nassen, glatten Wattoberfläche spiegelte.

Yun richtete sich auf, zog sich mit zittrigen Händen die Wolldecke über die Schultern und hörte Udo aufmerksam zu. Er spürte, dass es ihm nicht leicht fiel, über das zu reden, was ihm auf der Seele lag.

„Könnte ich doch nur die Zeit zurückdrehen …", Udo senkte den Kopf, während er einen tiefen Zug aus seiner Zigarette nahm.

„Ich war damals fünfzehn, die Sommerferien hatten gerade begonnen und wir waren zu allen Schandtaten bereit und strotzen nur so vor Übermut. Heiner, Freddy, Volker und ich waren damals fast unzertrennlich. Außer Freddy gingen wir alle in dieselbe Klasse. Freddy war schon ein Jahr älter und Lehrling in einer Tischlerei. Heiner war erst kürzlich zugezogen und der Wildeste von uns, gleichzeitig auch mit vierzehn der Jüngste. Schnell hatten wir uns mit ihm angefreundet, denn er passte einfach zu uns, wie Faust aufs Auge. Er musste immer noch einen draufsetzen. Der hatte echt Hummeln im Arsch", ein kurzes Lächeln huschte über Udos Gesicht, doch dann kam der ernste, traurige Blick zurück.

Er griff neben sich, zog das Bild hervor, auf dem die vier Jugendlichen zu sehen waren, und hielt es Yun hin. „Hier, das sind wir, müsste so Ende der siebziger Jahre gewesen sein. Der da vorn mit den ausgestreckten Armen war Heiner", Udo zeigte kurz mit dem Finger darauf.

Yun sah sich das Foto im Schein von Udos Taschenlampe genauer an.

„Der da oben links, bist du das?", fragte Yun.

„Ja, genau", antwortete Udo, „neben mir steht Volker und der mit den vielen Locken ganz außen, das ist Freddy, … war Freddy", korrigierte Udo.

„Es war an einem Donnerstagabend, ich erinnere mich, als wäre es erst gestern gewesen. Am Donnerstag hatte meine Mutter immer Nachtschicht im Krankenhaus. Meinem Vater war es eh egal, wo ich war oder was ich tat, Hauptsache er hatte ein Bier in der Hand und die Glotze lief. Wir hatten uns alle an der Schleuse von Schlicksiel verabredet. Es musste vor Ebbe sein, denn erst dann öffneten sich die großen Schleusentore. Dieses Mal wollten wir was richtig Spektakuläres machen, etwas, was sich nicht jeder traute. Durch die Schlicksieler Schleuse waren wir noch nie geschwommen, sie war viel größer und tiefer, als das kleine Siel hier.

Waren wir lebensmüde? Nein, im Gegenteil, wir wollten das Leben mit allen Sinnen spüren, und das so intensiv wie möglich. Wir waren Halbstarke, das Wort

Vernunft kam in unserem Wortschatz noch nicht vor.

Der Plan war simpel. Nacheinander würden wir uns, auf einem selbstgebauten Surfbrett und mit einem Seil gesichert, durch den Schleusentunnel treiben lassen und dann versuchen, auf den Verwirbelungen, die sich am Ausgang der Schleuse bildeten, zu surfen. Volker hatte mal sowas ähnliches im Fernsehen gesehen.

Freddy hatte seine neue Videokamera dabei, die er sich von seinem ersten selbst verdienten Geld gekauft hatte. Er wollte alles filmen.

Den Kontrollgang des Schleusenwärters hatten wir noch abgewartet, dann ging es los.

Natürlich sollte Heiner der Erste sein. Tagelang hatte es nur geregnet. Der Wasserstand in den großen Speicherbecken war ungewöhnlich hoch. Mit einer dementsprechend brachialen Wucht strömten die Wassermassen dann auch durch die sich öffnende Schleuse. Die wild sprudelnde Welle auf der Meerseite war angsteinflößend.

Uns allen war sofort klar, dass unser Vorhaben riskanter war, als wir es uns ursprünglich vorgestellt hatten. Sogar Heiner zögerte. Doch wir anderen wollten das unbedingt durchziehen. Wir drängten ihn, redeten auf ihn ein, aber er hatte Schiss. Schließlich erpressten wir ihn. Würde er das jetzt nicht machen, würde er nicht mehr dazugehören, denn wer wollte schon mit einem Schisshasen befreundet sein?"

Udo zog an seiner Zigarette, die schon fast ausgegangen war und pustete den Qualm langsam nach oben in den Nachthimmel.

Yun ahnte, was als Nächstes kommen würde.

„Jeder von uns hätte der Erste sein können, aber keiner hatte den Mumm dazu. Trotzdem bedrängten wir Heiner weiter, solange bis er schließlich nachgab, nur um uns nicht zu enttäuschen.

Dann war es soweit. Volker hatte ein langes Seil von seinem Vater dabei, der im Husumer Hafen arbeitete. Die nötige Länge hatten wir uns vorher genau überlegt. Volker befestigte das Seil am Metallgeländer über dem Schleuseneingang auf der inlandigen Seite, das andere Ende band sich Heiner um den Knöchel. Immer noch nicht sicher, ob er es wirklich wagen sollte, stieg Heiner, das selbstgebastelte Surfbrett unter dem Arm, die Steinböschung runter zum Wasser. Ich forderte ihn auf, sich nicht so anzustellen, er wäre doch gesichert und es könnte nichts passieren, aber jetzt wollte er doch nicht mehr. Er versuchte an mir vorbei wieder nach oben zu klettern, aber ich versperrte ihm den Weg.

Da fing Volker plötzlich an, oben vom Geländer aus am Seil zu wackeln, erst nur ein wenig, dann immer stärker. Heiner schrie, er solle damit aufhören, doch wir spornten Volker noch an und lachten. Schließlich verlor er das Gleichgewicht und fiel. Sofort wurde er von der gewaltigen Strömung mitgerissen, das Brett wurde ihm schon kurz nach dem Eintauchen ins Wasser vom starken Meeresstrom aus den Händen gerissen.

Freddy, der alles mit seiner Videokamera aufgenommen hatte, Volker und ich rannten über den Deich auf die andere Seite. Gespannt beugten wir uns über die Brüstung und suchten mit den Augen die brodelnde Welle ab, aber wir konnten Heiner nirgendwo sehen.

Ich lief wieder zurück zum Metallgeländer, vielleicht hatte sich das Seil gelöst und Heiner war schon durch den Strudel in das Hafenbecken gespült worden, bei der Geschwindigkeit mit der die Wassermassen durch die Schleuse flossen, hätten wir ihn leicht übersehen können. Doch das Seil war noch da und führte stramm in die Öffnung der Schleuse hinein.

Mit aller Kraft versuchte ich, Heiner am Seil hochzuziehen, aber es ließ sich nicht bewegen, auch nicht als Volker und Freddy kamen, um mir zu helfen.

‚Hey ihr da, was macht ihr da?', hörten wir plötzlich die Stimme des Schleusenwärters rufen. Wir bekamen Panik, kurzentschlossen löste Freddy den Knoten und das Seil wurde in Sekundenschnelle nach unten gerissen und verschwand in den schwarzen Fluten.

Dann rannten wir, als wäre der Teufel hinter uns her. Der Schleusenwärter machte sich gar nicht erst die Mühe, uns zu verfolgen. Er sah sich kurz dort um, wo wir eben noch gestanden hatten, aber da war ja nichts mehr, also ging er wieder. Doch wir rannten trotzdem weiter, immer hinter Freddy her. Er war der Älteste von uns und automatisch wurde er in dieser furchtbaren Situation zu unserem Anführer. Irgendwann blieb er dann stehen.

„Wir müssen zurück!", keuchte er, Tränen rannen über seine Wangen.

Also kehrten wir um. Mit einer Taschenlampe suchten wir im Hafenbecken nach Heiner. Mittlerweile war es schon dunkel geworden. Volker kletterte runter auf die Kante eines der großen hölzernen Schleusentore, von dort aus konnte er direkt in das dunkle Schleusengewölbe leuchten, aber wir fanden Heiner nicht. Es war, als hätte die Schleuse ihn verschluckt. Das einzige, was wir in dieser Nacht noch aus dem Meer fischten, war das zerbrochene, selbstgebastelte Surfbrett.

Wahrscheinlich war Heiner durch die Strömung nach unten gezogen worden und das Seil hatte sich irgendwo am Grund verfangen, vielleicht war es auch unter einem der Tore hängengeblieben, so konnte er nicht mehr an die Oberfläche kommen und ist elendig ertrunken.

Wir schworen, niemandem jemals davon zu erzählen, was an diesem Abend passiert war. Freddy versprach, das Videomaterial zu vernichten. Dieses schreckliche Ereignis sollte für immer unser trauriges Geheimnis bleiben.

Natürlich wurden wir von Heiners Eltern und später

auch von der Polizei zu seinem Verschwinden befragt. Es war so ein beschissenes Gefühl, seinen Eltern in ihre verheulten Gesichter zu lügen.

Tage später wurde Heiners aufgedunsene Leiche weit draußen in der Nordsee gefunden. Sie hatte sich im Netz eines Krabbenkutters verfangen. Das war erleichternd und erschreckend zugleich, denn endlich hatte die Fragerei ein Ende, dafür wussten wir nun aber mit Gewissheit, dass er tot war, insgeheim hatte ich bis dahin immernoch gehofft, er würde eines morgens ganz normal wieder auf seinem Platz in der Klasse sitzen, so als wäre das alles nie passiert."

Schweigen. Udo drückte seine Zigarette neben sich im Gras aus. Dann räusperte er sich.

„Nach dieser Sache waren wir drei nicht mehr dieselben. Wir trafen uns kaum noch, jeder von uns versuchte für sich mit seinen Schuldgefühlen klarzukommen. Nachdem Freddy seine Ausbildung zum Tischler beendet hatte, ging er weg aus Nordfriesland. Ich habe nie wieder von ihm gehört.

Volker zog sich sehr zurück, ich habe noch öfter mit ihm gesprochen und versucht ihm zu erklären, dass es ein Unfall war, aber er gab sich die Schuld an Heiners Tod, denn hätte er damals nicht am Seil gezogen, dann wäre Heiner auch nicht gefallen.

Irgendwann hatten wir keinen Kontakt mehr. Bis er mich dann vor ungefähr zwei Wochen anrief und mir erzählte, dass Freddy Selbstmord begannen hat. Vor seinem Tod hat er Volker ein Päckchen geschickt, es beinhaltete den Videofilm und ein Geständnis. Volker wollte damit zur Polizei gehen.

Ich bin dann zu ihm gefahren, um mit ihm zu reden. Ich wollte ihm klar machen, dass es, außer Ärger, sowieso nichts bringen würde, sich jetzt nach so vielen Jahren zu stellen. Aber er wollte mir nicht zuhören, hatte auch schon ein paar Bier intus."

Wieder machte Udo eine Pause und fuhr sich mit beiden Händen durch das Gesicht und die Haare. Er wirkte jetzt nicht mehr so ruhig.

„Ich bin kein unbeschriebenes Blatt musst du wissen, hab früher viel Mist gebaut. Nun habe ich endlich meinen Weg gefunden, geregelte Arbeit, die mir Spaß macht. Ich fand es völlig sinnlos, diese alte Geschichte wieder aufzuwärmen. Wem würde das nützen?

Ich wollte Volker das Päckchen wegnehmen und solange aufbewahren, bis er zur Vernunft kam, aber er wollte es mir nicht geben. Alkoholisiert und völlig neben der Spur holte er plötzlich ein großes Jagdmesser aus der Schublade der kleinen Kommode im Flur und fuchtelte wild damit herum, dabei wich er vor mir zurück, immer weiter auf die offen stehende Kellertür zu. Ich versuchte ihn zu beruhigen, doch er hörte nicht auf mich. Ich griff noch nach ihm, um ihn festzuhalten, aber da war es schon zu spät. Seitlich rückwärts fiel er die Treppe herunter und schlug unten heftig mit dem Kopf auf dem Betonboden auf. Dabei hatte er seinen Arm so unglücklich gehalten, dass er sich die Schneide des Messers beim Aufprall bis zum Anschlag in die eigene Taille rammte. Er war sofort tot.

Was sollte ich denn machen? Überall waren meine Fingerabdrücke, sicher würde man mich beschuldigen, ihn umgebracht zu haben. Ich musste ihn verschwinden lassen. Kontakte hatte er so gut wie keine, das wusste ich, also würde ihn so schnell auch niemand vermissen. Da fiel mir der alte verlassene Hof ein. Fast jeden Tag fuhr ich beim Pakete Ausliefern daran vorbei. Ich nahm Volkers alten Transporter, so konnte keiner auf mich kommen.

Die Güllegrube hielt ich für ein ideales Versteck. Schnell würde sich der tote Körper in der von Bakterien verseuchten Brühe zersetzen. Aber du hast mich an dem Tag gesehen und außerdem hatte ich nicht gewusst, dass die Gülle dort noch regelmäßig abgepumpt wurde, deshalb erschien mir das Versteck dann doch nicht mehr sicher genug. Naja, und den Rest kennst du ja.

Glaub mir, könnte ich die Zeit zurückdrehen, ich hätte alles anders gemacht."

„Du wusstest die ganze Zeit, dass ich es war, der dich an jenem Tag gesehen hatte, aber du hast nichts gesagt."

Udo nickte. „Du hattest keine Beweise gegen mich, das wusste ich. Als wir bei mir in der Küche saßen, wollte ich dich aus der Reserve locken und rausfinden, was du tatsächlich weißt, aber Hut ab, du hast dich nicht verraten."

Yun brauchte einen Augenblick, um das alles zu verarbeiten. Udo war kein Mörder, das wusste er jetzt und er war unendlich froh über diese Erkenntnis. Aber wie sollte es nun weitergehen?

Er räusperte sich, bevor er mit vom vielen Husten rauer Stimme fragte: „Und wo ist der Leichnam jetzt?"

Udo zeigte auf eines der kleines Fischerboote, an dessen hölzerner Kajüte eine kleine Öllampe brannte.

„Ich hätte sie von Anfang an im Meer versenken sollen. Es gibt tiefe Stellen, wo auch die Fischer sie nicht so schnell wieder an Land holen."

„Dann wirst du sie jetzt ins Meer werfen?", fragte Yun.

„Sag du es mir?" Udo drehte sich zu ihm. „Glaubst du mir, dass das mit Volker ein Unfall war?"

Yun nickte.

„Würde die Polizei mir glauben? Jemandem wie mir, der schon einiges auf dem Kerbholz hat?" Wieder sah Udo ihn fragend an.

Doch Yun wusste keine Antwort darauf. „Wahrscheinlich nicht", sagte er nach kurzem Überlegen.

„Als du da eben im Meer um dein Leben gekämpft hast, da ist in meinen Gedanken alles wieder hochgekommen. Der Unfall damals, die Schuldgefühle, die Trauer und der Schmerz.

Ich wäre bereit, mich zu stellen, auch wenn das bedeuten könnte, dass ich meinen Job verliere und alles Vergangene nochmal durchleben muss. Vielleicht werde ich auch ins Gefängnis kommen, ich habe keine Ahnung.

Ich bleibe hier sitzen und warte bis die Flut einsetzt, damit ich auslaufen kann. Das wird noch eine Weile dauern. Wenn du es für richtig hältst, dann ruf die Polizei, ich werde mich nicht von der Stelle rühren."

Doch Yun wusste nicht, was richtig war. Und er wollte auch kein Richter sein. Ob Udo sich nun der Polizei stellen würde, oder seinen Plan, die Leiche verschwinden zu lassen weiter durchzog, war Yun egal. Für ihn war die Sache mit diesem Gespräch abgeschlossen, denn er wusste nun endlich, dass Udo kein kaltblütiger Mörder war und das war das Einzige, was für ihn zählte.

Udo hatte in seiner Jugend zusammen mit Freunden einen großen Fehler begangen, der das Leben eines jungen Menschen gefordert hatte. Aber war es nicht eigentlich vielmehr ein Unfall gewesen?

Und war es nicht schon Strafe genug, sich ein Leben lang schuldig zu fühlen?

Würde es jemandem helfen, wenn er nach so langer Zeit dafür verurteilt werden würde?

Die Mitschuldigen von damals waren alle tot, die Eltern des Opfers waren bestimmt auch schon tot. Udo war als einziger übrig geblieben. Und er bereute, was passiert war. Es stand Yun nicht zu, über ihn ein Urteil zu fällen.

Noch etwas benommen stand er auf und gab Udo seine Wolldecke und den Pulli zurück. Dann zog er sein Handy aus der Hosentasche. Demonstrativ warf er es neben Udo ins Gras. Zu gebrauchen war es sowieso nicht mehr, denn aus jeder Öffnung tropfte Meerwasser heraus und auch wenn er es trocknen würde, so hatte sich das Meersalz doch in jede kleinste Ritze gesetzt.

„Ich werde die Polizei nicht rufen, denn ich finde, du solltest für dich selbst entscheiden, was du tun willst. Ich fahre jetzt nach Hause", sagte er in ruhigem Tonfall.

Ungläubig sah Udo Yun an. Aber der wendete sich ab und ließ ihn ohne ein weiteres Wort einfach zurück.

30

Die nächtliche Luft nach dem Gewitter war kühl und sauber gewaschen vom Regen. Der frische Fahrtwind auf dem Rückweg ließ Yun zittern vor Kälte, aber er pustete auch seinen Kopf wieder frei. Endlich hatte der Albtraum der letzten Tage ein Ende.

Als er immer noch klatschnass und völlig durchgefroren zu Hause ankam, liefen ihm Luka und Nils schon besorgt entgegen. Fast musste Yun lachen, als er Nils erblickte, denn der große Verband, den er um den Kopf trug, erinnerte ihn an einen Turban und Nils sah damit wie ein marokkanischer Kameltreiber aus. So jedenfalls stellte Yun sie sich vor.

Erleichtert fiel Luka ihm kurz um den Hals, bevor sie ihn mit etwas Abstand von oben bis unten betrachtete. „Man du bist ja eiskalt, ist alles okay mit dir? Bist du verletzt? Komm lass uns reingehen."

Sie nahm seine Hand und zog ihn mit sich. Nils folgte den beiden.

„Und? Los, erzähl! Was ist passiert?", Ungeduldig tänzelte Nils um Yun herum.

„Nun lass ihn doch erstmal in Ruhe!", mahnte Luka, „er muss sich jetzt schnell aufwärmen, damit er sich keine Lungenentzündung holt."

Während Yun eine heiße Dusche nahm, warteten Nils und Luka in der Küche. Sie kochte Wasser und brühte für alle eine Kanne heißen Früchtetee auf, das war die einzige Teesorte, die sie in Yuns kleiner, etwas chaotisch anmutenden Küche auf die Schnelle finden konnte.

In allen Einzelheiten erzählte Yun den beiden, was am Siel passiert war und natürlich auch von dem Geständnis, das Udo abgelegt hatte.

Verständnisvoll legte Luka einen Arm um Yun.

„Ich finde es richtig, dass du ihm die Wahl gelassen hast. Letztendlich hat er ja nie jemandem schaden wollen."

„Naja", mischte sich jetzt Nils ein, „also mir hat er schon schaden wollen! Der Schlag auf meinen Kopf hätte echt nicht sein müssen. Äther oder sowas wären mir lieber gewesen, dann hätte ich jetzt nicht diese eklige Platzwunde."

Yun klopfte Nils mitfühlend auf die Schulter.

„Wahrscheinlich hatte er zufällig gerade keinen Äther bei sich, außerdem glaube ich, dass du dann trotzdem Kopfschmerzen hättest, so ohne ist das Zeug sicher auch nicht."

Nils zuckte mit den Schultern. „Naja, meinem Kopf geht es schon wieder ganz gut, dank Lukas fürsorglicher Krankenpflege", er lächelte. „Keine Angst, ich habe nicht vor, irgendwem von der ganzen Geschichte zu erzählen, das bleibt für immer unser Geheimnis."

Luka nickte zustimmend, „Ja, vergessen wir die Sache doch einfach so schnell wie möglich!"

Aber Yun schwieg, er wirkte etwas gedankenverloren.

Fragend blickte Luka ihn an. „Alles okay?"

„Ich glaube, den Anblick des toten Volker Ebsens werde ich so schnell nicht vergessen können", erwiderte er nachdenklich. Dann fiel ihm plötzlich das Päckchen wieder ein, dass immernoch auf dem Gepäckträger von Nils' Roller klemmte. Schnell lief er nach draußen, um es zu holen.

Zusammen mit Nils und Luka setzte er sich auf die feuchten Steinstufen vor seiner Haustür. Das Päckchen legte er vor sich ab. Dann begoss er es mit Brennspiritus und zündete es an.

Schweigend saßen die drei nebeneinander und starrten in das alles vernichtende Feuer. Die Flammen züngelten mehrmals hoch auf, bevor das Feuer immer kleiner wurde, bis schließlich nur noch etwas Glut und ein Klumpen stinkenden, verkohlten Plastiks davon übrig blieb.